U0520037

出版前言

岁月流沙，时光在俯仰之间不经意中从我们指尖滑落；岁月流金，光阴在云起云落的当儿，世人创造了多少辉煌的业绩，铸就了社会的文明与进步。流沙是岁月之花，流金是岁月之果。

我们出版这套"流金文丛"，旨在梳理扒抉现当代文人墨客的"流金"——性情之作，即闲适的零墨散笺。这些作品多为作者在月光里、芭蕉下、古砚边搦管挥毫的闲情偶寄，或是在花笺上信手点染的斗方小品。这些佳构华章，曾星散在历史卷宗的字行间，有的不大为人注目，我们将这些吉光片羽珠串结集于斯。丛书内容丰赡、题材多样：书简、日记、随笔、词章或其他，类盘中的珠玉，似掌上的紫砂，如心中的玫瑰，可赏可玩可品；然又不失思想，不阙情趣，不乏品位。

我们多么希望这套"流金文丛"能流入阁下的书斋，站在你的书架上。

目录

茶座琐语	○○一
摹天小记	○一三

易君左先生	○一五
郑振铎先生	○一九
龙榆生先生	○二四
任中敏先生	○二七
卢晋侯先生	○三一
龚稼农先生	○三四
李清悚先生	○三六

文坛散策 ———————————— 〇三九

一曲贺新郎　　　　　　　　〇四〇
"轻薄子玄"　　　　　　　　〇四二
告鲁迅在天之灵　　　　　　〇四四
万里封侯一梦　　　　　　　〇四六
可憎恶的旅客　　　　　　　〇四七
词之末路　　　　　　　　　〇四九
留都见闻录　　　　　　　　〇五二
"九一八"史诗　　　　　　　〇五四
敦煌文学　　　　　　　　　〇五六
毛公鼎不祥　　　　　　　　〇五八
山东几部罕见的书　　　　　〇五九
蒲松龄记"穷"　　　　　　　〇六一
《石破天惊》　　　　　　　〇六三

小疏谈往 ———————————— 〇六五

饮虹簃记	〇六六
爱读书四种	〇六七
我的执鞭之始	〇七〇
"春晓"	
——因李清悚的诗想起	〇七一
样书	〇七三
征鸿	〇七五
重庆重来	〇七八
东望南京	〇八八
归来	〇九一
怀旧中之怀旧	〇九五
我们的母亲	〇九八

泱泱散论 ——————————————————— 一一三

中学国文教学三个谜　　　　　　一一四
苦，还应当吃下去的！　　　　　　一一九
疗贫的医生　　　　　　　　　　　一二一
诗人节与屈原　　　　　　　　　　一二三
忠实　　　　　　　　　　　　　　一二六
雨　　　　　　　　　　　　　　　一二八
女诗人　　　　　　　　　　　　　一三〇
才　　　　　　　　　　　　　　　一三三
为迁可园老人墓致吴伯超院长书　　一三五
为太虚回向　　　　　　　　　　　一三七
山西在中国戏曲史上的地位　　　　一三九
痛定思痛！　　　　　　　　　　　一四一
书空军四烈士　　　　　　　　　　一四三
腾冲战役纪念碑　　　　　　　　　一四五
维族在中国文学史上的贡献
　　——民国三五年六月二九日在迪化
　　记者公会致词　　　　　　　　一四七

从鸠摩罗什、贯云石说起
　　——八月七日在"天池"作者联谊
　　　会讲　　　　　　　　　　一五〇
理想中的副刊　　　　　　　　　一五四
朴素的村姑——过去南京的怀念　一六一
南京对世界文化的贡献　　　　　一六四

故人故事 —————————— 一六九

一世画山卖的萧屋泉　　　　一七〇
马君武的晚年　　　　　　　一七二
沈尹默先生之耳　　　　　　一七四
胡三先生的故事　　　　　　一七六
刘师培轶事　　　　　　　　一七八
记：凤先生　　　　　　　　一八〇
寄慰恨水　　　　　　　　　一八二
酒人补记　　　　　　　　　一八四
新北京的旧人物　　　　　　一八六
不肯改诗的贯休　　　　　　一八八
秦桧的晚年　　　　　　　　一九〇
前辈文学批评家：金圣叹　　一九二
扬州八怪　　　　　　　　　一九四
金翠之死（上）　　　　　　一九六
金翠之死（下）　　　　　　一九八

吃吃喝喝 ——————— 二〇一

  八宝饭　　　　　　　　二〇二
  馒头的传说　　　　　　二〇四
  黄桥烧饼　　　　　　　二〇六
  莲子粥　　　　　　　　二〇七
  喝汤的次序　　　　　　二〇九
  十样菜　　　　　　　　二一一
  春韭　　　　　　　　　二一三
  野味　　　　　　　　　二一五
  莴笋圆　　　　　　　　二一七
  沪制御膳　　　　　　　二一九
  腌菜与炒米　　　　　　二二一
  花参润肺　　　　　　　二二三
  小雪酒　　　　　　　　二二五
  吃蟹的笑话　　　　　　二二七

坛坛罐罐 —————————— 二二九

从新观点看《儒林外史》　　二三〇
元旦开笔　　二三二
书癖　　二三四
刻书的好处　　二三六
月光书　　二三八
柴室记　　二四〇
挑字眼儿　　二四二
冶城的研究　　二四四
谈：佛曲　　二四七
昆戏并非地方剧　　二四九
评弹中的插诨　　二五一
一字之差　　二五三
裙带风　　二五五
措大　　二五七
渊庐秋讌　　二五九
升官图　　二六一
有园必公　　二六三
谈取名　　二六五

编后记 —————————— 二六七

    饮虹簃钩沉

        ——《旧时淮水东边月》编后记   二六八

茶座琐语

（一）

古之文人说:"文学家酝酿他的作品的地方有三上:马上、枕上、厕上。"今之文人说:"文学家伸张他的权威的本领有三下:旗下、笔下、手下。"站在旗下才好渲染些浓厚的色彩,摇起笔下就好使最刻毒的话传到被骂者的耳里,聚了手下,人多势众,便好尽捧自己之场、坍他人之台的能事。

（二）

有一位朋友说:"鲁迅闻人赞誉则喜,闻人有微辞则怒。"又有一位小姐说:"鲁迅与乃弟作人尝阋于墙,不相见者已数年,此中原因大约是为太太之故。"姑记于此,以便有人补作"鲁迅在北京"时,添些材料。

（三）

李金发的诗,号称神秘。有人嫌其难解,也有人说他是义山家法,本不易懂。我老实说:"他的诗,原是'金发'作的诗,原是给'金发'读的诗,你们'黑发'当然的不配读,也不必读!"不过,又有一位朋友说道:"我虽非'金发',也有'金发'的朋友,他们也是说读不懂呢!"

（四）

杨某在一位姓陈的太太的一篇小说前面,有这么几句话:"人家都说'太太是人家的好,文章是自己的好'。上一句话,我愿意它错了,它偏不错;下一句话,我愿意它对了,它偏不对。"革命的文学家说:"下一句不对,实在没有办法,上一句话之错,倘使朋友,你站在我们的旗下,是丝毫不成问题的。"

（五）

田汉组织南国社,以戏剧运动名震一时,他家一位叔祖住在长沙的乡下,听见了,喟然叹曰:"寿昌这孩子,竟在上海顽起班子来了,唉!"

（六）

最近的最革命的文人说:"文学从内心的表现,已进步到行为的实践,文学家言行要能一致。"有一位呆子问:"倘若足下要写一篇寓言的时候,说一个狐或者一个狼的故事,那么,你这位文学家不是要变成一个狐或一个狼么?"

（七）

一位少女立在十字街头，听一个拖着辫子的人说："那缠过的足，经过一种最好的修饰，这是多美呀！"那边又一个穿西服的少年说："天足得自然之趣，跳过来，跳过去，使那些老妈们，羡在心里，妒在眼里！"接着一位外国人走过，说："那三寸的金莲鞋，是最美丽最庄严的物品。"又一班小少年赞叹着说："高跟鞋是现代的产物，你看她们穿着是多么时髦啊。欧化的小姐呀，我爱你，我爱你！"于是这位少女的一双足，不知如何是好了。呀！这原来便是中国文学的现状！

（八）

在我们眼前有四条向文学去的路："保守旧格律，掇拾旧材料，一也；采取新材料，融化旧格律，二也；创造新格律，硬搬新材料，三也；窃用旧材料，自铸新格律，四也。"朋友，你到底向哪一条路去呢？

（九）

某省一个高级中学，上文学史班的时候，教师问："中国新近死的小文豪是谁？"学生毫不疑虑地答道："蒋光赤。"教师问："何以故？"学生很熟练地答道："他有纪念碑哩！"

又说道:"是在鸭绿江上罢!"

(十)

一位大文豪说:"杜甫的妻子一定是瘦子,你看他诗中说,'天寒翠袖薄',一阵风儿就要吹倒了这美人儿。"一位诗人不服此言,辩道:"少陵翁的诗说'清辉玉臂寒',他的夫人不是胖子吗!"又一位辩道:"'瘦妻面复光',杜老头儿分明说他贤内助是瘦,如何胖之呢?"但是三个人中谁也没见过杜夫人。这等于上海一班角儿现在争论《伯兮》诗中的妇人,是粗人,是美人。

(十一)

一位文学史作者在大著中好像这样说:"贺铸与方回两人同以词著,词境也很相像。"按,贺铸之词集名叫《东山寓声乐府》,下署贺铸方回著。这大概是两人的合集,数千年来竟被人看作一个人了,罪过罪过!不过,这位文学史作者,我们可惜只知道他的大名,还不知道他的台甫;倘若我们称他的大名为大哥时,一定还要称他的台甫为二哥,因为他一人也是两个人合组成的。

（十二）

地理先生在暗处没看清教科书，把"漠"北说成"汉"北。聪明的历史先生见书上写着"庐陵王昂"，立时晓得庐陵是地名，此人姓王，单名一个昂字。不过，在第二天，地理先生、历史先生所同住的房间门口，学生们贴上了一副对联："汉北今在何处？王昂古是谁人？"两先生不禁相视而笑，莫逆于心。

（十三）

在我们听到一个人的脚步声，或者看一个人走路的姿势，我们就立刻可以晓得他是诗人，或者散文家，或者戏剧家。

（十四）

中国泰戈尔和印度泰戈尔的相异之点。有人说："一个有须，一个无须。"其实不是这样。应当说："一个'博爱'是思想的背景，一个'博爱'是太太的表现。"

（十五）

张某编"女作家号"，曰："男作家有男作家的作品，女作家有女作家的作品，决不是一样的。"读者疑之。我为之解曰："男女有别。"

（十六）

作家生于中国，苦不堪言！稿费既少，还不兑现。听说以上海某书局欠鲁迅的钱为最多。有促狭者改唐诗两句："春风不与周郎便，书店东家惯欠钱。"

（十七）

文艺批评家，评某君之诗，说："从《女神》《星空》弄到了小小的《瓶儿》。每况愈下；未免愈赞愈小，愈作愈不好。"

（十八）

东亚病夫为苏雪林女士诗集题词，有云："若向诗坛论王霸，一生低首女青莲。"我想为某女士题小说集，倒要请问："一生低首女甚么"呢？何青莲当日不写小说，以致我不能用此典，恨恨！

（十九）

郁达夫仿佛这样说过："有人听见论理学是'老七'，就知道心理学是老八。"我看："文学一定是老大。因为现在文学就等于说话，说话效用最广，无所不包，无所不括。这班兄弟，谁不是他抚养成人的？"

(二十)

文学家说:"我们要提倡第四阶级文学,我们要把文学的种子散布到民间去!"但是不识字的农工们叉手站在身旁,摇着头说道:"他说的是什么?怎么我们一些也不懂!"

(二十一)

鉴赏家说:"我苦极啦!近来一点好的作品都没有看见。"创作家说:"我苦极啦!我有这样好的收获,连一点反应都没有。"你埋怨着我,我也永久地埋怨着你。

(二十二)

诗人好比修竹,词人好比芳草,曲人好比野花;野花多骀荡,芳草最妩媚,修竹自高洁。

(二十三)

登山临水,而有快感,这是美的权威。吮脂舐粉,而有快感,也是美的权威。虽是一样的"美",而享受者的心境却是迥然不同。

(二十四)

易实甫先生说:"少年当于儿女场中过之,中年当于豪侠场中过之，老年当于仙佛场中过之。"我说："少年不可不读《红楼梦》，中年不可不读稼轩词，晚年不可不读靖节诗。"同是一个意义。

（二十五）

水中月，镜中影，雾中花，是至妙的境界；城外暮笳，枕边更漏，窗前夜雨，是至妙的声音。

（二十六）

没出息的诗论家，戴着道学假面具；但是评论到了十五《国风》，却说出些情不自禁的话。《静女》之诗："彤管有炜。"竟说彤管是行淫之具。尤可怪者：《溱洧》中"赠之以芍药"，芍药为男子生殖器。这样荒唐，迥在解释"伯兮"的人之上。现在，我在曲中且抄写"性欲描写"的作品来，这不需诗论家来置喙的：

老夫人宽洪海量，去筵席留下梅香，不甫能今朝恰停当，款款地分开罗帐，慢慢地脱了衣裳，呸，却原来纸条儿封了裤裆。（元无名氏《红绣鞋》）

碧纱窗外悄无人，跪在床前忙要亲，骂了个负心回转身,虽是我话儿嗔;一半儿推辞一半儿肯。

笑将红袖遮银烛,不放才郎夜看书。相偎相抱取欢娱。止不过迭应举。及第待何如。(白朴《阳春曲》)

夜深时独绣罗鞋。不言语倒在人怀。做意儿将人不睬。问因何作怪?绣针儿签着敲才!

冷清清独守兰房。闷恹恹倚定纱窗。呆答孩搭伏定绣床。一会家神魂飘荡,绣针儿签这梅香!(吕止庵《天净沙》)

梦回酒醒初更过,月转南楼二鼓过。玉娥低唤"粉郎啊,休睡波!"良夜苦无多。(元无名氏《喜春来》)

闲拖逗,睡魂中委实风流,虽则赴空里绸缪。问蜂黄而今在否?还不曾有交亲比目和同,惟信这没指记鸳鸯交媾;只问你枕花阴怎不把金钗溜!卧苍苔怎不把湘裙皱!搂腰肢褪不下芙蓉袖,揣酥胸摆不脱丁香扣,任眠花藉草把雨云羞,还嗔莺怪燕怕风情漏!有一日烛影摇红照好述,你少不得慢凝眸,看可是梦儿中那人依旧!(明无名氏《二犯滴滴金·梦合》)

不知不觉地便写了这许多,年青的读者,你们读了以后何如？

（二十七）

胡适在民国八年，便主张作文章不避俗语俗字，可是明朝便有一位金白屿先生，他整个儿用俗语俗字。在他的《萧爽斋乐府》里有"琐南枝"八首，完全写的风情，真是绝妙的文字：

浮皮儿好，外面儿光，头发梢儿里使贯香。多大个傈儿也来学充象。那些个捏着疼，爬着痒，头上敲，脚下响。

坚如石，冷如冰，识不透你心，肠儿横竖生。只管里满口胡柴，倒把人拴膊定。谁撒虚，谁志诚？人的名,树的影。

当不的取，算不的包，过的桥，还拆桥。动不动热脸子抢白，冷锅里豆儿炮。不是煎，便是炒，瓜儿多，子儿少。

面不是面，油不是油，鸭蛋里还来寻骨头。瘦杀的羔儿，它是块真羊肉。见面的情，背地里口，不听升，只听斗。

闲言来嗑，野话儿劇，偷嘴的猫儿分外馋。只管里吓鬼瞒神。吃的明，吃不的暗。搭上了他，瞒定了俺，七个头，八个胆！

长三丈,阔八尺,说来的话儿葫芦提。每日家带醉佯醒，没气的还寻气。假若你瞒了心，昧了己；一尺天,一尺地。

心肠儿窄,性气儿粗,听了风来就是雨。尚兀自拨火挑灯,一密里添盐加醋。前怕狼,后怕虎;筛破了锣,擂破的鼓。

撒什么唗,卖什么乖,三尺门儿难自开。把我那一担恩情都漾做黄虀菜,说着不听,骂着不睬;山不移,性不改。

研究今日的京话,这倒是顶好的教材。

（二十八）

论起清代的诗来,诗与诗人现实生活最接近的,无过于郑子尹的《巢经巢集》。柴米油盐,把一个中产的家庭,活跃在读者眼前。

（二十九）

一班爱好文学者,但知金和的《秋蟪吟馆诗》是太平天国时代的"诗史",而不知蒋春霖的《水云楼词》是太平天国时代的"词史",蒋作较金作,沉痛得多了!

编注:以上最初发表在1929年8月8日至8月16日的《中央日报》专栏《白青》,后又曾刊于1930年7月22日至8月1日的《京报》第8版。署名均为冀野。

摹天小记

凫工既然以"绘海录"作书的题名,剩下来"摹天"二字,我且占据一下。前人有言:"人各一天",与其说每人自有天地,不如说每人自有天趣,我将记师友中之独有风格的。我不爱有名的人,我只爱有趣的人,此记之所以为小耳。

易君左先生

一双大鼻孔,做他的标志;一支健笔,见他的才能,用这两句话论易君左先生,我自己认为再妥当没有了。此公以《闲话扬州》沾惹出许多是非来,我来闲话易君左是没有问题的。所以我不妨尽量地谈一谈他这个人和这一支笔。

将近有二十年了,我见到"易家钺"这个名字,是在《少年中国月刊》上。记得有一期诗学专号,登他一篇论文,仿佛是"这难道也要学父亲吗?"这样一个标题。后来从朋友口中知道他是北大的学生。

革命军到达南京那一年,我们才开始订交。因为往还很密,所以对于他的一切,渐渐知道详细了。起初以为他是个性很强的,最富有反抗的精神。后来才晓得这个"假设"是错误的,他原来是一个最和蔼而且热情的人。他的生活很富有文学性,他学的是政治,而爱好的是诗。在我的朋友中,他最有捷才,我和他在胡园,有一晚,两人作了一百多首绝句,可谓极"打油"之能事。他的夫人学艺也是一位女诗人,当时从湖南逃出来,两人用诗相慰,颇尽缠绵悱恻之致。在安徽几年,我们生疏了许多。自从移居镇江青金门读书楼,我们又常常相聚了。他爱谈天,说起话来,滔滔不绝,非常诚挚的。那一头光泽而整齐的黑发,表示他虽入中年,而并未丧失少年的风姿。他又爱酒,酒量虽不如我,可是酒边相对,却也十分妩媚。他的子女,名字都叫鸟类,如鸥、鹤、鹈等等。他生平有几个知己,别的可以不提,有一位与西湖上小小同宗的,他倾慕了不得;可惜雹碎春红,只得抱其遗墨,抚摩怀想;他曾珍重地将所宝藏的这一本册子给我看过,歔欷叹息,那一种神情,我只见过这么一次。秋天的红叶是君左爱好之一,他有一本《红叶谱》,每一种形式,他都题上一个新名,又作一首诗来赞赏,他真可谓"好事"了。

又"家庭问题"的讨论,在中国也许算他是第一人吧。关于这一类文章,近年已很少看到。据我看来,因为他的家庭本无问题,凭空结撰的确是苦事。以下我便谈他那一支笔了。

他自己有几句口号,道:"奋一支笔,尽匹夫责;播毕生种,创万年业。"自从奋笔以来,除了几部《政治史》等等著作外,游记和诗歌最多。模山范水,本可以见他才情,尤其是那种一泻千里的气势，在活泼之中含蓄着"淡远"，正"文如其人"。他早年虽不愿去学他父亲实甫先生，但他的诗却很像他的父亲。他到宜兴去游，作的那一首"乾坤双洞歌"气象万千，这种诗除了他父子谁能做！谁又做得出呢？不独诗如此，他的书法，也酷肖实甫先生。南京清凉山下扫叶楼，实甫先生与弟由甫，友梦湖，曾有题壁诗，是实甫先生一人写的。去年君左用玻璃框罩起来，——雅一点说，就是"笼纱"。——并和诗一首，框上之字与框内之字，简直一般无二。毕竟"父亲"是不必去学，自然会像的。游记诗歌拿手以外，他所记自己生活的文字，亦无一不妙。周邦式赠诗有云："老我余生甘伏枥，输君健笔尚凌云。"他的笔不谓之"健"，不可也。现在他私人个人一人独力创办了一种半月刊，名就叫《半月》，已出到二十二期，这又是"好事"的表现。

最后，我套君左的调调儿，为之介绍："世有牢骚抑郁心境不开者乎？请献惟一妙法包治，日读大鼻孔先生笔下所写之文或诗！"谓予不信，还有诗为证：

红妆歌

君左书最近所诗二十年二月二十四日

义军司令李红光，戎姿惯作男儿装，

长白山头雪皑皑，鸭绿江上波茫茫。
铜墙铁壁东兴县，奋勇冲破敌防线，
壮士横行八十人，女儿血比桃花艳。
白马驰驱古战场，将军百战声威扬，
摩空大厦书大字："人民革命"！"压东洋"！
国家多难心如碎，誓死反抗"敌"与"伪"，
利剑能令鬼魅寒，雄图应使须眉愧。
春寒料峭如剪刀，春风吹血满征袍，
黄昏城角悲笳动，有人面比芙蓉娇。
桴鼓助战梁红玉，木兰从军黄河曲，
谁言巾帼不如人？以古方今三鼎足。
古今不乏真英雄，能御外侮为上功；
壮哉红光奇女子，统率貔貅遍安东。
枪弹子弹多自制，编制皆用三三制，
不畏飞沙走石妖，但凭贯日凌云志。
祖宗疆土不容亡，男儿死必在沙场，
男儿不向沙场死，高歌一曲看红妆。

郑振铎先生

也许有人以为我来写郑振铎先生是不合适的！但，我却自信，我能写出我所见的郑先生来。我们相交已有十多年了，我们对于文学的主张与嗜好，这样的异，又这样的同。异的是在制作上，他根本上认为不应当去写旧有的文体；我却以为旧有文体并非完全是不可种植的土地。在曲的嗜好上，我们脾味相同，尤其是搜求曲籍我们很有互助的地方。此处，我所要记叙的不在异与同，而在客观的我所观察于他这个人和他私生活的一般。

最可笑的，我一直就拿他当做浙江人，他虽然声明他是福建长乐的籍贯，我过些时又忘了。他也故意的说我是江北人，虽然他明知我是南方人。

堂堂七尺之躯，若以今日的尺去量度一般男子，大约没有能满七尺的；郑先生，我们望上去，或许七尺还嫌短些。他这样的身长，而且"玉立"，可算得"现代型"的美男子。乌黑的头发，高高的鼻子，架上一副不大不小的眼镜；我们谈话时，他爱将手放在两边裤袋里，有时就爱移动这副眼镜；微笑老是挂在嘴边，露出糯米似的一排牙齿。当他在行路的时候，左右两臂很规律地，次第地，向前后摆动；目不斜视地向前望，头略前倾，一大步一大步地踱着，用旧式文章的形容，他这样走是属于"鹤式的"。还有一件在他面孔上是主要的，那就是"眉"，他的眉也很秀美的，谈话中爱扬起眉来，从没有两眉成一直线，这表示他也是不愁的。——因为鄙人不大忧愁，所以此处奉送一个"也"字。

他所写的《家庭的故事》这本书，曾有过很多的读者，这是一本亲切有味的散文，我疑心是一部"实录"。据我所知，他也是一个孤儿，祖母、母亲都健在，他的夫人高君箴女士也是文学的爱好者。他对祖母和母亲都很孝敬的。对他的夫人很敬爱的，爱，我们可以想象得到，为什么说"敬"呢？这儿我给你一些证据：有一次宴会，我们在他家客厅里坐着，正高谈阔论，谈到男女间的许多话，他也笑着在听，忽然楼梯上一阵响，立时他严肃起来，悄悄地警告我们："喂！不要说了，不要说了！有人来，有人来！"于是硬打断我们的话头。后来走进我们客厅的，正是他的尊夫人。又一次，我在"新乐府"听昆戏，见他夫人坐在台口的椅子上，再一望他

卢前与郑振铎及暨南大学中文系毕业生（1938年，上海）

正陪侍在侧,很谦恭地捧着一本曲谱,从旁指示着。梁鸿与孟光相敬如宾,他比起梁鸿来,过之无不及。不敬夫人的听者:世间夫妇之间有三种情况:一宾,二冰,三兵。不是你对她"冰",她也许会对你"冰",这样冷清清的,未免生活太苦了。至于互相"兵"起来,只得大家分手。惟有"宾"最好,尤其你对她"宾"才是文人的忠实态度。郑先生尊敬他的夫人,我们很可师法的呢!当我们走进他的书斋,只见案上、架上、椅上排满了许多书,此处用这"排"字,略嫌不实,因为有时候,他的书也会排在地上去。几十本线装书之下,也有一堆平装书;若干钞本的旁边,正放着很厚而且实的洋装西文书,又有拓本、照片,挤得一个大书斋透不过气来。我常心里想:"一般小书店是比不上的,只有商务印书馆的柜台,可以和这书斋相比拟的。"刻本、石印本、玻璃版影印本、铅字排本、泥雕本,(如内地书摊上卖的小唱本之类)一堆一堆的,可以供我们去翻览,这一点又是他的好处。书籍本是天下公物,比起那些官立的图书馆,只要自己收藏,不许人看来,高到一万倍也不止。在他书斋中又不禁人抽纸烟,可以自由地抽出书来看,一边抽着烟,一边谈着;我走过许多藏书家的书斋,没有享过这样的幸福。

说到纸烟,他起初是不抽的。前年我们在北平相见,我见他嘴上衔着纸烟,非常的惊讶;后来仔细观察,知道他见烟就抽,自己倒不大备烟,可知资格还不深。正如他也有时打牌,牌却打得不到家一样。他是件件都不放过,而严肃地过着生活。友人王伯祥说"振铎是一个大孩子",以我看这个孩子不独天真,而且纯良(铎兄,请你原谅我说这一句老话)。最后我要宣布我的一个信条,就是"你要选择一个可以同你作朋友的人,你就注意这个人对于他的妻子是如何的?世间没有不爱妻子而爱朋友的人!"百府有妻子的,当然不在例,这也需要附带声明的。

龙榆生先生

我现在来述这位词人的生平,很引起我的怅惘,因为我们分别已半年多了。他远在岭南,也许别后比当时身体要强壮了许多。他是一个具有缫壮的精神而身体极衰弱的人。他很兴奋,做事很负责,而常常爱生气的。但是,"力不从心",他有时也自己这样抱憾。

大约是民国十七八年,我到上海,在一家婚筵上认识了他。他静悄悄的,眼睛老是望着我没有谈过多少话;只是笑着。后来,渐渐厮熟了,于是议论风生地常常聚谈一块。他有一次,很详细地对我自叙道:"我一向在家读书的,后来跑到武昌,从黄季刚先生。黄先生讲声韵之学,一时从他的人很多,我住了一些时,自问无所得,有人介绍到上海一个小学里来当教师,学生说听不懂我的话,我一气便拂袖而去了。在厦门集美师范当了六七年教师,再到上海在暨南大学由讲师,改教授,兼主任,一混就是七八年。想起从前的事来,要不是我自己这样干,或者至今还在家乡呢。"的确，他是这样肯努力的。他的意志固然坚强，却又有很谦虚能受的心。

有一次，我和他一同去拜访朱彊村先生。他在词学上的成就，朱先生对于他是有过很大的帮助。当《词学季刊》初办的时候，我在河南，得了他的信，我心里想："这恐怕是不大容易维持得久吧！"谁知一期一期地出版，他始终不曾懈怠过。一直到现在，他远在数千里外，仍然从事编稿，使《词学季刊》不致夭折。我亲眼见他扶着病编辑，丝毫不马虎了事。所以，他不愿意安分做一个书生，他总想做一点事业出来。说起他身体如此弱衰，也许家庭是他很重要的原因。他的母亲早已亡故，父悦庵先生是江西名孝廉。继母也有很多的儿女，这其间有些地方常使他生气。他自己又有子女众多，生活负担很重。所幸他不大忧虑，但事实上他因此很疲劳的，过两三天，他就会生一点小病。在一年的冬季他发起读书会，每天黎明在研究室里大家聚来读书。他的夫人劝他不必如此赶早，天这样的冷，身体又不好。他始终支持着，结果生了一场大病。病初起时，他还维持，但终于睡倒了。

我初到暨大来，住在宿舍里，与他的新村住宅很近。我们常谈到半夜，不过谈话是耽误时间的；我走了以后，他必定补做那一天未完成的工作，后来我知道了，便不敢去谈。不过，有时他也来谈；而所谈的内容："文学少而事业的话多。"我真想不到他竟有是以会左自期的！他认为我们应当能造风气，从文学上移到事业上。

他离开暨南大学，也是因为生气的缘故，一气遂带了夫人和九个儿女，几十箱书，泛海到粤。我常常替他这多病之躯担忧，尤其爱生气很易伤害身体。我常劝他，他说："太看不惯了！"他生平最崇拜的就是欧阳竟无先生，欧阳先生也是看不惯就生气的。

三年前，我们游扬州，在房间里，纵横今古，谈到今后的途径，他道："我们做的东西对于世道，相离太远了。与其走周美成、吴梦窗的路，不如唱苏东坡、辛稼轩的词。便是作出辛稼轩的词，也不如率领他的飞虎军，那样才是气吞万里如虎呢！"

我们认他做一个词人，我想，他决不甘心的，他近年词的作风确然是变了。我祝福他身体渐渐强壮起来，得行其志。果如此，我们将看他在词以外的收获。

任中敏先生

以我与任先生的交情,来叙述任先生,或者有标榜之嫌。可是,任先生有他自己的事实一证明,敢担保,我所说的决不过分。几年来,我曾收到许多编辑家的信,请我表彰任先生在教育界这些年苦干的精神,我就因为我们两人的关系太密切,说来,反足以减少信仰。不过,本着"内举不避亲"的古语,不妨说他一说。

且把任中敏分作三个,第一个是曲学家的任中敏,这是天下人所共见的;而且一部《散曲丛刊》,可见他的成绩。第二个是党人的任中敏,这又是另外一回事,熟悉党政的朋友,似乎要比我知道他还详细些。第三个是教育家的任中敏,这便是本记的主要题目了。

也许有些朋友因为说任先生会联想到我,或者说着我会联想到他的缘故,以为我们俩年纪差不多,其实,他长我八九岁呢。最初,我们在一块儿的时候,他是长袍马褂,老老成成的一位青年。表面上像是颇懂世故的样儿，不声不响的，有时脸还发红。有时，大家喝一点酒，他也还喝一二小杯；大家抽一些纸烟，他也还抽一支半支的。他做事细心，他思想缜密；像野马一样的我，只有拜服而已。在这个时候，我们道地的文字的朋友。曾共同发起过"曲学社"，编过一套《散曲集丛》。（此书现在商务印书馆陆续地发行）

有一天，他对我说："这样生活，我不愿干了！"（这时，他任立法院秘书。）"为什么呢？"我很惊异地问他。他说："曲学我也不干了，对己固然有些趣味，于人一点没有用，太自私了！太自私了！"他又说："我认为切实的干，只有办学校。我的意思想办一个中学校。我们看看自己能不能作堂堂正正的一个人，再说指导青年的话！" 这一次的谈话，便是后来他任镇江中学校长的根本。

我到了镇江，去看他。他着一身极朴素的学生服。和学生们在一块儿生活着。不独一杯二杯的酒，一支半支的纸烟，他也毫不沾染，并且平常哼哼唧唧的吟哦声，也不再听见了。我到了他的学校，有时要想抽烟，见了他那样子，也不好意思将烟掏出来了。我暗暗地惭愧，着实觉得感动。

听说，有一次学生运动，他那学校里近千个青年正在游行的时候,因为不满意一个,当街用武;他得信,便赶到出事地方,站在人家的一个柜台上,嚷道:"注意,学生不守纪律,还成个什么学生;你们整齐起队伍来,跟我回校!"这句话,居然解决一场风波。"学生当时怎么就这样听话?"也许有人要疑问吧。等到他去职两年,我再到那学校去,有次举行学生讲演会,我被任评判员,那一次的题目是"我所崇拜的人"。学生说时,十个有九个都说:"从前的和外国的,我且不讲,我所崇拜的就是我们前任的校长任先生。"听了这样众口一声的话,我才知道他平日对于学生是如何的诚恳了。他和他们一道吃饭,一处起居,他的藏书,又捐给这学校。他和朋友通信,从不用学校信笺。他见学生的扣子没扣好,他替他们扣好;诸如此类的小事,皆可见他的为人。他的去职,简单一句说是"不畏强御",此处也不用提了。

当他在栖霞山乡师时,我去看他,觉得他土气更重了。夫妇俩在山中终日忙着。虽然接待我们,对于职务是丝毫不懈怠的。他曾对我说:"现在我要做一个服从校长的职员,因为我任校长时,觉得学生都能服从我,而教职员还有与我异趣的。我们要能服从人,才能叫人服从我。"他说:"我无论如何,将我的身子贡献给教育界二十年,我决心始终不易。"他现在广州仲元中学还是任着教导主任。他这种毅力,这种刻苦的地方,是我所向往,而常引以自勉的。郦衡叔说过一句戏言,道:"任爽卢真。"我对于这"真"字,近来颇自加怀疑,大约"世故"了不少,可是中敏绝非一爽了得!

他现在已是中年人了,他的头发白的也不少了,他的"朝气"却一天一天地多起来了。我敬以十二分的诚意介绍这样的"大青年"给青年朋友们。

卢晋侯先生

挂着笑的脸,带着很温厚的目光,一个中等身材的人;很安详地老是坐在椅子上,不大爱说话。这一位,我所要介绍的,是当代一位极纯正的政治学者卢晋侯先生。我要说出他的名字"锡荣"来,大概知道他的人,格外会多些。

他是云南人,他自从回国后,在江南作客最久。他除了回省做过一任教育厅长,在北平做过教育部秘书长和司长之外,他都是在江南任职。他常常度他的教授生活,却也不时地去度他的政治生活。两样生活,在他看来,是没有什么差异的。因为书生气质太重的缘故,或许在政治上的贡献,还没有在学术上的效果来得大。例如,他早年与徐菊人书:"公之位至尊,而亦至不尊,……不善用之,可为张邦昌、李完用。由今之道,无变今之政,公他日欲为张邦昌、李完用而有不可得,何也?公固日为张邦昌、李完用所左右而不自知也!张邦昌、李完用非他，即公所倚畀，京学界所唾骂，海内外报纸所抨击不遗余力之曹汝霖也。不杀曹汝霖，不足以谢天下，不足以正人心，不足以维国本，不足以慰黄帝尧舜列祖列宗在天之灵，维公图之。"这样温和性格的人，他笔下是如何的慷慨激昂！所以最后在那一封信上，他说："公必欲用曹以亡国，……即以荣之恩，亦不能不追随邦人士后，以血，以铁，以此一腔热诚，以与公等相周旋。"

他论学也是爱用一种肯定语气去说，例如他在所著《拉斯基政治思想》一书序文中，开始便叫道："未来的新时代，——未来的黄金时代，不是亚里斯多德或恺塞的地中海时代，不是莎士比亚或拿破仑的大西洋时代，而是无名青年的太平洋时代。"他是一个冷静而又热心肠的人，所以说话之间便不自主地流露出热烈的情绪。

他的主张不媚今，不奴古；而要兼古今之长，这是思想的伟大处。他对中国怀抱着极大的热望，他认作未来世界文化的中心，只有中国是适宜的。他有一篇"我的迷信"，可以看出他思想的路径。

他的生活，是非常简单的，在南京住在郊外的寓所里，除了一张床，一张桌子，两张椅子，一个书架而外，甚么都没有。他自奉很薄的，他不抽烟，不喝酒，生平尤其是恨平剧，他曾经说道："我最不喜欢看中国的旧戏。大面的沙声，花旦的尖声，武生的乱滚乱跳声，临了还有小丑的白鼻子；我看后欲作三日呕。"他有时会把这旧戏上的情形，联想到政治舞台上去的，足见他也觉得不习惯于这样舞台生活。他三十岁才结婚，夫人是合肥李家的，很贤淑，又很聪明，现在已有四个小孩子了。他们平淡地度着日子。平淡生活正是纯正学者风度的一种表现。

当你同他谈话的时候，你一定觉得他那种诚恳的态度，是现在政治生活中人所少有的，假使政治果真有一天上了正轨，我想这样富有学者气质的人，应当是适合而不觉其隔离的，但是，这又不知是将来哪一年的事了？

龚稼农先生

只要发挥你的个性，顺着你的趣味，朝前去努力；没有不会成功，至少也有相当的效果。此处我所说的一位电影从事人，便是一个好的例子。

我们认识的时候，彼此都在孩提时代。彼此都认为是最顽皮的。当然顽皮的本领，各有不同。大概分别就在一个用口，一个用脸。当他翻一翻眼睛，耸一耸鼻子，他的情意含在心灵深处的，立时使你体会到。这的确是一番深入浅出的工夫。究竟他是谁呢？——他就是本篇的对象龚稼农先生。

他是南京人，原名"家龙"。父亲龚铭三先生，是一位宿儒，曾任众议院议员，在广州护宪的时候，龚老先生曾经参加过的。长兄云伯先生名"家骅"，为中国治"法华宗"的佛学惟一的大师，所著《逻辑与因明》（开明出版），是一部极好的论理学书籍；我在同乡的学人之中，最推崇这位先生，可惜始终不得志，他的名字，也许还没有多少人知道。次兄名"家骏",是服务于警政界的。稼农行三,他在钟英中学读书时,对于运动最有兴趣的。当时开过几次运动会,没有一次没有他的成绩。演剧的风气,虽不如现在之盛,但也常常举行,他却不大参与。

我们有时会到,他总要申述他在运动场中的身手,如何敏捷,如何与人竞争;说完了一大篇,耸一耸鼻子,翻一翻眼睛,还来儿时的那一套。其实他已是足二十岁的人了。

好多年不见他,只风闻他已投身到电影界去了。当我在成都大学教书的时候,因为作客寂寞,有时往戏院去看电影。在某一张片上,见他的表演;银幕初现他的影子出来,观众便喊道:"龚稼农,龚稼农!"

"他的名字已流播来这么远了!"我心里暗暗地想着。

早些时,无意间我们竟相遇了。他变成一个很沉默的中年人,并且对我说:"中国的电影是脱不了幼稚,我们若不努力,将没有什么进展的,在最短的期间求速成,这不是艺术者的态度。"

我见了他,听了这样的话,觉得他已转变了。这样的转变,是向上的转变。

于是我又得了结论:"引申你的趣味,更需要你相当的功力,这才是成功的路呢。"

李清悚先生

只要你到过南京市,总会知道这一位市立第一中学校的校长李清悚先生。自从有了这一个学校,就有了这一位校长。由小学,办到初中;由初中,办到高中;由少数的学级,办成一个规模最完全的学校。在九年之中,他所费的苦心已不少了。

我和他的关系,又深又久;可以说他是我的第一位朋友;我在他的许多朋友里,也是占有特殊的地位。因此,在此文中,我不想论他的"办学"而谈他这一个人。

他固然是一位教育家,但,也可以说他是一位文学家,一位画师,或者一位棋家。他爱吟诗,爱写小说,爱作画。尤其是爱下棋。我不懂棋,我却爱看人下棋,最爱这位李先生下棋,且谈他下棋的姿势罢,他的左手,摩着一本棋谱,这棋谱是靠近棋盘放着的。右手的拇指上第二指之间,夹着一粒棋子;在未下去以先,时时用第三指在鼻孔边蠕蠕地动着;眼望着棋盘,很注意地沉默着；他微微地一笑，这一粒棋子便轻轻放到他所要放的地方去了。抽象一点说：很温淑，柔和，隶穆，婉静，而又很勇毅地下他的棋，他的为人的态度于此也可知道一斑。他作画与下棋略同，不过他的画多半是寥寥几笔，在经营上似乎比下棋费的力少些。办学以来，诗句小说是不常制作了。好在他有一部《菽庐诗》已经刊布出来，此处不必赘论。且说我们十几年的行迹吧。

大约是民国八九年间，有一次，是钟山脚下，他为着要去写生，一定邀我作伴。那时的朝阳门——即现在的中山门——外，非常的荒凉，到晚上，我们赶不及进城了，于是住在一家农场里，山风夜吼，我很觉得有些恐惧，他却鼾然地熟睡了。他对于事务上的才干也不差，民国三四年，第一次办一个《嘤鸣杂志》，写撰编校，完全一个人在那儿支撑着。后来《新江苏日报》开办，要我主编副刊，我一定邀他合作，结果两三年中，这一副"副刊"的担子，都挑在他的肩上。他虽勇于负责，但极细心，这一点是他人不能及处，譬如作这校长以来，因为建筑校舍，他得了许多经验，又细心地去考察，现在对于"学校的建筑与设备"差不多他又是专家了！

"只要你随处留意，细心地看，勇敢地做，天下是没有难事的。"这是他所常常谆诫于学生的话，正是他的一种心得。

假使我们要选择一个标准的中学校长，无疑地，我便首举这位李先生。

编注：以上七篇文章，原载于1935年至1936年《十月杂志》第17—24期。署名：冀野。杂志主编张佛千。

文坛散策

一曲贺新郎

明亡了以后,吴梅村还在中年,因为文名扬海内,清廷想用他来收拾人心。侯朝宗马上写一封信给他,论不必出来,有三不再,四不必,说了一篇大道理,可是梅村终于出山了,任国子监祭酒,是威势所逼,还是另有原因?我们是不管他。但,梅村心灵上的痛苦,随着年龄,天天地增加。临死还嘱咐后人,在墓前立石只写"诗人吴梅村之墓"七个大字,千万不要(将)官衔摆出来,尤以绝笔的"病中有感"这阕《贺新郎》词,更赤裸裸地道出他的心事:

万事催华发!论龚生天年竟夭,高名难没。吾病难将医药治,耿耿胸中热血,待洒向西风残月。剖却心肝今置地,问华佗解我肠千结。追往恨,倍凄咽。　故人慷慨多奇节。为当年沈吟不断,草间偷活。艾炙眉头瓜喷鼻,今日须难决绝。早患苦重来千叠。脱屣妻孥非易事,竟一钱不值何须说!人世间,几完缺?

这是多么可怜的话,自己只埋怨自己。

"为当年沈吟不断,草间偷活。"他曾用南朝女节使冼夫人故事写了本《临春阁》杂剧,暗指着秦良玉,有"毕竟妇人家难决雌雄,但愿那决雌雄的放出个男儿勇"这样慷慨的曲文,又用梁元帝时的沈炯故事,写了本《通天台》杂剧,自道"故国之思"。因此当时人评骘吴梅村比钱牧斋高些,因为钱牧斋方以仕清自喜,而梅村处处表示他的不得已,并不是出于自愿。听说目前南京伪组织中所谓文人,正在以"题吴梅村画像"为题,各述其志。龙沐勋的一首是:"不须转眼感沧桑,万水流传惹断肠。至竟妻孥虽脱屣,可怜一曲贺新郎。"因此我想起梅村这《贺新郎》来。不过古今情势不同,人生终有一死,又何必"沈吟不断"自寻苦恼呢?

"轻薄子玄"

端方以铁路大臣督师入川,到了资州时,被革命军所杀。当时文士推崇端方好比毕沅在世,而兴化李审言先生(详)颇不以为然。端方从两江调任直督。审言先生与朱仲我(孔彰)衣冠拱立相送,立在炎炎夏日之下,端方过来,对两人微颔而已。仲我以为大辱,审言先生说:"即此慢士行径,哪里比得上镇洋!"等到后来听得端方噩耗,检出《陶斋藏石记》,题诗三首。此书,审言先生在端方幕中费力不少。三诗中末一首云:"觥觥含宪出重闱,传命居然奉敕尊,轻薄子玄犹在世,可怜不返蜀川魂。"

此诗中"轻薄子玄"四字,刘申叔所指实言。申叔以革命党人,投降端方。端方督师入川,果能解决争路纠纷,继任川督是不成问题的,申叔也就可如愿以偿,作上一任藩司。可惜端方被杀,申叔后落成都,执教国学院,这是始料所不及的。世人传诵此诗,把"轻薄子玄犹在世"一句误为"轻薄子云犹未死",认为指况夔笙。因为《陶斋藏石记》是夔笙手纂。据钱基博《现代中国文学史·古文学编》上说:

> 时合肥蒯光典礼卿以进士官道员,分发江南,而周颐(即夔笙之名)学不同,乃荐兴化李详以间之。每见端方,必短周颐而称详。一日端方招饮,光典又后周颐。端方太息曰:"亦知夔笙必将饿死。但我端方在,决不容坐视其饿死耳。"周颐闻之,感激泪下,而致怨于李详,详以不得志于端方,继而端方入川被杀,详以诗刺之。有云:"轻薄子云犹未死,可怜难返蜀川魂。"轻薄子云,盖指周颐也。自是有宴会,周颐与详必避不相见。

李况感情不融洽,相传是因为况纂《陶斋藏石记》时,字迹模糊漫漶的碑板,送审言先生考证。又因为彼此论文不合,审言先生深于选学,对于夔笙的骈文不甚推重。文人相轻,以致宴会上避不相见。这是事实,不过此论分明以刘子玄影射刘申叔,确非指况夔笙。骂申叔无行,是为家国大事,与夔笙等不过私怨,何至形于笔墨呢?

告鲁迅在天之灵

也许有人认为我是一个骸骨迷恋者。我始终相信文学必经久而后论定。因此对于并世的作者,无论友谊如何,从不会用讥弹的态度谈到某个人的人身与作品。以为决定价值的,自有他自己的作品在,又何况时间是最正确的裁判者。很惭愧,一代巨人鲁迅先生,我和他无一面之缘,更谈不上一日之雅。他的《中国小说史略》我很爱读;可是我不想和他见面,所以好多朋友要介绍我去看他。我总婉词拒绝了,在他死的那一年,有一天我见到《夜记》,其中涉及我。原来我有钞本张岱的《琅嬛文集》,被刘大杰君借去,后来编入《中国文学珍本丛书》,上海杂志公司张静庐君要我作一篇跋,署名"卢前冀野父"五个字相连,用一父字表示下两字是字而非名,自宋人便有此例,本不足怪。但鲁迅先生将五字用一括号和我开玩笑好像在什么"斯基"什么"夫"之外,也有这里一个"父"。至于标点是大杰的事,我无须代为声明,当我看到《夜记》

时，我就说："假使我署一个外国式的名字，他老定不以为怪。为什么用中国旧式的署名，他反开起玩笑来：'我倒要去问问他。'"不久，他便逝世了，始终没有见到他。最近，在友人的案头见到一本《鲁迅书简》是影印手迹的。其中第六七七面（因为手边无此书不知记忆的可正确）的一封信，谈到我曾写过一篇文章攻击他，这我可真以为怪了。我从不曾写过这样文字，更没有想过鲁迅二字，我倒要去问问他，可惜见不到了。如果在今日我要谈鲁迅，不免有打已死老虎之嫌；要不谈他，我对于他老这二笔涉及我的话，永无大白之时。

"鲁迅先生我敬告你在天之灵，你心目中的我恐怕未必是这样的我罢！现在我很懊悔没有和你见一面。"

万里封侯一梦

报到金牌罢戍,空教壮志飞蓬。关心明月满帘栊,偏是嫦娥情重。 回首乡关何处?长空几阵飞鸿。凭将秋信写江东,万里封侯一梦。

这首《西江月》,是云梦吴禄贞烈士在戊申(一九〇八)年作的,谈起辛亥八月武昌起义的事来当没有人不知道吴烈士的。吴烈士在石家庄被杀是辛亥九月十七日。他本无诗名,存诗也不多。诚如廉南湖所说:"雄直悍快,肖其为人,不肯嗫嚅作儿女子态。"在烈士死后,南湖搜集遗稿成《西征草》《戍延草》两卷,有一天,偕芝瑛夫人见烈士之母吴太君。太君含着泪说:"绶卿在日,最爱芝瑛这题画诗,每日必三四读,道:写作之好,如今海内外一人而已,不知芝瑛可愿意为他写遗稿?"不久廉夫人便写印出来,大约在民国元年。现在很不容易见到这本"小万柳堂"黑底白字本了。只有我的朋友徐霞村君(烈士女夫)还藏着一本,上面的一首词是《戍延草》最后的一首。

可憎恶的旅客

早几年自杀而死的日本作家芥川龙之介,在死前两年曾到中国旅行。有《中国游记》之作,夏丏尊君当时传译过来,读后至今我留下一些不良印象。最近,偶然又见到了这篇文字。

《游记》中对我们有许多鄙薄之词:什么"中国人是都不想明日的事的",什么"中国人的形式主义真可谓彻底了"。尤其在芜湖那一节中,大肆抨击:"我不爱中国,就是要爱也不能爱。如果目击了中国国民的腐败,还能爱中国,这不是颓唐已极的肉欲主义者,即是浅薄的中国趣味的迷信者;不,就是中国人,只要是心不昏的,对于中国比之于我一介旅客,应该更熬不住憎恶罢。"可谓憎恶我们中国到极点了!

但现在我对于这位憎恶的旅客,只觉着怜悯。

经过了这五年抗战,重新读他的《游记》,他所抨击我们的话,正变成日本自己的写照。"不想明日的事",

"形式主义",和一任军阀横行,不知反抗的"腐败国民",芥川终于自杀了,还不知道他的国家今日也正在自杀呢?

词之末路

词在中国文体中占重要地位的历史很短。自从张惠言《词选》问世后,才说明词是以上继风骚,得比兴之义。因为主张寄托,标出"要眇"两字来,道:"其文小",这个"小"是细致的意思。说到寄托,因为宋末受异族的侵凌,当时没有言论自由了,所以借"蝉""龙涎香"之类,大做文章,这不过是词之一体,难道词的全部都如此么?文廷式在《云起轩词自序》中说得好:

迩来作者虽众,然论韵遵律,辄胜前人,而照天腾渊之才,溯古涵今之思,磅礴八极之志,甄综百代之怀,非窭若囚拘者所可语也。词者,远继风骚,近沿乐府,岂小道欤!自朱竹垞以玉田为宗,所选《词综》意旨枯寂,后人继之,尤为冗漫,以二窗为祖祢,视辛刘若仇雠,家法若斯,庸非巨谬!二百年来,不为笼绊者盖亦仅矣!

当前这样大时代！如词不能表扬时代的精神，这个词早已不能存在了。有人说："词体自有特性，不宜说雄壮的语。"不知他还读过辛刘的词没有，要"遵体"就应付以新生活，民国诗人还说唐五代的话，这是"词之末路"！

右宋詞賞心錄一冊出吾鄉端木子疇先生手筆
首有半塘老人題籤蓋四印齋中物也老人身後
遺書概付盦而此冊猶藏弆其家老人姪孫楊
余門人鄭頤倩持之來曰十五舍題諸余吅癸酉
四月十八日也盧前中州記
八月遊海上友人夏丏尊先生為付鋅版廣其傳
且易名宋詞十九首云冀野又記

卢前题《宋词十九首》墨迹

留都见闻录

读本报司马竞君的《南京感忆录》使我想起吴应箕的《留都见闻录》来！

在明末，关于金陵的记载极多，大都流传下来。只这部《留都见闻录》没有踪迹，后来次尾（应箕字）五世孙铭道找着一个残本，不知怎样归了丰顺丁氏。到丁叔雅先生手里，才展转公布出来。原目是：山川、人物、园亭、官政、科举、书画、器用、交游、服色、寺观、时事、宴饮、音乐共十三目。丁氏残本共二卷，上卷是：山川、园亭、科举三目，还是吴孟坚（应箕子）刻本。下卷的河房、公署、官政、寺观、服色、时事六目是铭道续得的。前面有叶方恒、陈维崧、黄虞稷、蒋先庚四序。

从这部书中，我们知道晚明时候南京是什么光景。又有许多事，如王铎的后半生之类，可补史书之未详。上卷尾有孟坚的跋语：

三复是编，知明季之盛，即衰运之所伏；人事之变，即国势之所终，读者其亦重有所感矣！

在今日我们正感忆南京的时候，读了这部残本的《留都见闻录》，真不知从何说起！

"九一八"史诗

东四省的沦陷,已十年了。当时我在开封,有一天接到四川朋友彭云生君自汉口寄来的信,附《辛未旅燕杂感诗》一卷,其诗一百零六首。这是彭君住北平,在"九一八"事变以后作的,前一年彭君出川,刚遇到水灾:"洪水之为灾,疫疠乘时起,秦晋及豫南,延漫数千里。吾闻盛明时,民无夭折死。岂尽天数然,实出人致耳!"然写事变有两首诗,我最爱读:

(一)

日军辽河东,我军辽河西。
辽水不可御,旋即乘马蹄。
道旁新骨多,旷野天云低。
白日无行人,唯有秃乌啼。

（二）

宝刀日摩挲，骏马日驰逐。
我军东出关，已过辽河曲。
敌骑不敢骄，敌酋已慑服。
从此东倭兵，不敢窥鸭绿。

对于那时学术界，他也借一首诗进他的忠告："黄顾耿耿心，岂仅在考据？奈何乾嘉儒，老死逐末度。浙中沈与王，千载有冥悟。但恐百世下，无人发孤趣！"以我所见到的，只有这部《辛未旅燕杂感诗》够得上说是"九一八史诗"。彭君此次战后在大理很久，不知有多少近作？

敦煌文学

自从唐人写本在甘肃敦煌县三危山下石窟寺（俗称千佛洞）发现以来，"敦煌学"，差不多在世界上成立了这样一个新的名称。关于佛教语言和社会经济史料，姑不说，就是文学方面，如《王梵志诗》，韦庄《秦妇吟》，《云谣集杂曲子》，皆是极重要、极可贵的文学史料。"变文""俚曲"可以说是"俗文学"，不能说敦煌卷子全是"俗文学"。像《云谣集》和其他二十一首杂曲（散见刘复《敦煌掇琐》中），都是原始的词体。最近湘阴许国霖君的《敦煌杂录》印出来，其中如：《周说祭曹氏文》，《索满子祭姊丈吴郎文》，《翟良友祭太原王丈人文》，还有一卷《太公家教》，以上没有一篇不是典雅的文章。可见国内藏本（北平图书馆）不一定不如伦敦或巴黎藏本。将来把海内外所有的汇集起来，加以整理是最有意义的事。可笑"许本"中有当时抄书人的怨诗，遗留下来：

（一）

写书不饮酒，恒日笔头干，
且作随宜过，即与后人看。

（二）

写书今日了，因何不送钱？
谁家无懒汉，见面不相看！

这是敦煌卷子写手的叹声。

毛公鼎不祥

毛公鼎在陕西出土，文有四百八十一字之多，重文九字，空格二字。前半隐约有栏，后来金器文字之多，没有比得上毛公鼎的。咸丰二年（一八五二）苏亿年运到北平，被陈寿卿重价购去，视为秘宝。等到同治十一年（一八七二）才给潘祖荫看见，于是轰动一时。后来又以巨价卖归端方。不知在什么时候，由端方又转给了叶恭绰。相传陈氏以此败事，端方又在得鼎之后遭杀身之祸。我认识玉甫先生很久，在上海时常往来，说到毛公鼎，玉甫总不大愿意。最近听到他在青山出家，不由令人想起这毛公鼎不祥之物来，当在陈氏时，寿卿女夫上京会试，断了川资，向陈告贷，寿卿给他拓本四五纸，道："持此入京，不致冻馁。"他女婿决不相信。但到京后，果然被人出重价购买，可见当时毛公鼎之煊赫。说毛公鼎之不祥，也不自我始，仿佛在端方被杀时便有人说过，手边无书，未能查考。只今日不知毛公鼎又流落何方了？

山东几部罕见的书

为着校刊《饮虹簃丛书》的缘故，几十年来养成爱翻目录的习惯。无论公私藏书目录，只要见到，总没有轻轻放过的。偶然在朋友案头见到山东图书馆一部草目，这里有四部小说是从未知道的：

（一）《五霸七雄列国志传》（明刊本，存四卷四册）。

（二）《妆钿铲传》（清褃襸道人撰，四卷四册）。

（三）《杨家将》（不分卷四册，明钞本）。

（四）《李闯贼史》（清无兢作，清初钞本，十卷十册）。

不知孙楷第的《小说书目》中曾著录否？

此外如：孔尚任的《书林雁塔》，一定是谈绘画的书，王铎的《王孟津诗文稿》稿本，桂馥的《晚学集》稿本（七卷二册），杨锡荣的《殷顽录》，可惜只能知道这些书名，不能见到原书。尤可怪的。小学家王筠曾辑有《石破天惊》

《覆瓿社灯谜》《清诒堂灯谜》三书。至于明薛岗的《金山雅调》(二卷一册)与清孔传志《软锟铻》(二卷二册)前者是不是散曲,后者是不是戏曲?这是我所最关怀的,愿意知者告我!

蒲松龄记"穷"

蒲松龄《聊斋志异》，把狐鬼人化起来，这不独本身是一种讽刺，而且有许多影射时事的地方。周作人说："俗传此书本名《狐鬼传》专以讽刺人间者。未免是齐东野人之语了"这是错误的。在蒲氏所写俗文中：如《群残闹瞎传》《丑女自嫁》，也皆是讽刺之作。我现在所要想及的，是他的《穷汉词》《除夕日祭神文》《穷神答文》三篇。在《穷汉词》里："大年初一烧炷名香，三盏清茶，磕了一万个响头，就把财神爷爷来祝赞祝赞，忙祝赞，忙磕头，财神在上听缘由，听我从头说一遍，诉诉穷人肚里愁"，纯用质询的口吻，向"财神"发话。相反地，在《除夕日祭神文》里，问穷神："穷神穷神，我与你有何亲？兴腾腾的门儿你不去寻，偏把我门儿进？"最后："我央你离了我的门，不怪你弃旧迎新！"《穷神答文》却道："东君，你听我云，我有个'免穷歌'为你训，也不是五经四书，也不是大众古文，只要学勤苦，只要学鄙吝，只要学一毛不拔,只要学利己损人,只要学……。"在他的笔下,将不穷的人说得太丑了!

《石破天惊》

王箓友先生所辑的《石破天惊》除了贾凫西、蒲留仙、丁野鹤三家之作，只有亓（这是很少见的姓，音祈）诗教一家具名。不过亓氏的《峡谷词》，我疑心是一套散曲，与其他鼓词体裁不相同。贾、蒲、丁三家各有一篇取《论语》《孟子》备底子的鼓词。有《太师挚适齐》《东郭外传》与《齐景公家待孔子五章》。相传鼓词是始于山东的，三家皆是山东人。又有一篇《田家乐》，有人断定是丁氏的作品，因为有许多诸城俗语。例如"同心合力做一件事"，诸城俗语是"齐上扈家庄"，如："齐在扈家庄去修庙"，"齐上扈家庄伐松"等等。"无稽之谈"叫"吧瞎话"，"吧"就是"说"。他如："跐蹬""攫了个汪""打光""罨撒战子""阔落""响面锄刀"等，大都是诸城话。这些鼓词，不独是好的俗文学，而且是最好的方言学材料，我希望大家有一读《石破天惊》机会。

编注：以上录自《夜谭拔萃》（《新民报丛书》1945年8月初版），第63—74页。署名：卢冀野。

小疏谈往

饮虹簃记

　　金陵城东，故有饮虹园。邻白鹭洲，先府君卜宅园南。戊辰（1928），余筑室后圃，名饮虹簃。庋宋元乐府千卷，俛仰其间。客至，非周、辛、关、马不言。月出尊清，词成相和。于是乎人知簃，不知园。园之不幸与，抑簃幸也！

编注：此文录自《冀野选集》。

爱读书四种

诗经 - 孟子 - 巢经巢诗 - 杨氏二选

我在四岁那一年，在家塾里开始发蒙。因为曾祖母爱怜的缘故，没有好好地读书。塾师予我印象最深的，一位是兰老先生，那时已八十多岁；在兰先生之后，是李凤麟先生。我的父亲所订的读书程序，颇有些特别：第一部《论语》读完以后，便接着教《尔雅》，诘屈聱牙的"初哉首基"，把我读得天昏地暗，受罪般地好容易挨延完了；兰先生开始教《诗经》了，那时虽不能理解，但读得非常写意；未几，李先生来接着教下去，不独背诵顺利，便于记忆，而且摇头摆尾，读起来仿佛口中有味似的。这一部书是我幼时莫名所以的最爱的书。我之好诗歌，或者就因为这一段早年的因缘。

《孟子》，是父亲每晚亲自讲授的，我于散文，受影响最深的便是这部书。父亲说自己最得力于此，散文上一切的技术，《孟子》差不多都做了。即如第一章"见梁惠王"，正题是"仁义"，反题是"利"。孟子主正，便先破反（王何必曰利,亦有仁义而已矣)。最后,王服孟子之说,于是先正后反(王亦曰,仁义而已矣何必曰利)。可以看出"谋篇"的法则来。"王,大夫,士庶人"的叠举,与"万乘,千乘,百乘"的假设,王以及"必"字的决定,两句"未有"的轻捷;造句的法门,差不多罗列已尽。轻重,奇偶,处处足供学文的人用作轨范。我记得当时,父亲靠在枕上,我在灯下一句一句地咀嚼;那光景如在目前,可是父亲早已离我们去了。我后来读任何大家的文集,都觉得不如《孟子》意味之深。

我自动去读的书,要算郑珍的《巢经巢诗集》是最爱读的了。读此书时,我已有十四五岁,还没有离开中学。因缘是这样的:有一位国文教师洪北平先生案头有一部望山堂初刻皮纸本的《巢经巢诗集》。那时我乱读些诗集,见这一部书很奇怪:行间多古字,从题目上看,又像是没有多久时候的人。于是借来细心一读,愈读愈觉得可爱。大概因为我从小家庭观念极深,而从来的诗人歌咏家庭琐事的不多;子尹(郑氏的字)在这一点上是很伟大的。假使"伦常"一日不灭,读他的诗,是足以敦人的性情。此集至今还是我所爱读的,我终觉得子尹便丢开他的经学来讲,这一部集子在诗史上已足占第一流的宝座无疑。在我们眼中多少诗料,都被向来的诗人忽略过了。亡友刘鉴泉先生云:"家常本色自然妍",真是碻切的论断。

我在十八岁上,无意中见到"杨氏二选"(《阳春白雪》与《太平乐府》)。发见多少从来没听到、看到、读到的东西,这些皆是最挚朴的诗歌。从此便着迷了,一直迷到现在。这两部书实际上不算"选集",而是"总集"。我这些年用尽心力去找"别集";但启发我的兴趣,仍是这两部"总集"。可惜字迹漫漶,不能完全读个痛快。目前正打算合若干不同的本子,把两部书细心校好,使读者便利,那么,此后我们的同志将愈过愈多了。这样才可以对得起"二选",也才可以对得起杨朝英先生呢。

编注:此文原载于《青年界》1935年第8卷第1号。署名:卢冀野。

我的执鞭之始

在我年纪很小的时候,我的父亲老早就认为教师生活于我是适宜的事业。因为"事务才",我是没有的。

仿佛那一年,我才十八九岁。有一位朋友汪同尘先生办了一个两江民立中学在南京。在国文课中每周有二小时讲授《孟子》,于是聘了我去"滥竽"。这时,我还在大学读书。第二年,就受钟英中学之聘。到民国十六年,在金陵大学讲词曲,以后就奔走四方,虚负这所谓"教授"之名,而学殖日荒,每引以自惭!

两江民立中学是我服务最早的一个学校,关门已十年上下了。当时学校,学生对于教师还有相当的敬意,不似今日的"市道",所以我无事有时还想这"执鞭之始"的生活。

编注:此文原载于《青年界》1936年第1期。署名:冀野。

"春晓"
——因李清悚的诗想起

昨天读到清悚的"涛声集",在重庆功德林小酌两首,有"杂泻心潮忆少时"的话。的确,我与清悚三十年旧交,儿时的一些事,我在"平凡的童年"中已曾特地写出来。在大学生时代的活动,现在能想起的,便是新《江苏日报》的"春晓"。大约是民国十二三年事罢,在太平路那时叫做花牌楼的,旧青年会的隔壁,开办新《江苏日报》,这一张报纸在南京算是最早的新报。编辑部由李三无、马元放诸兄主持过,而南京第一张副刊,题名"春晓"的,便是由我与清悚主编的。

清悚是一个有多方面才艺的人,他既喜欢哼两句诗,又能画几笔画,还爱写各种书;他学的是教育,仿佛在教育学术上也是向多方面发展的。说起来,这也是天地间不可能的事之一,就是两个性情大不相同的人,而能有厚且深的友情,易经上说"君子以同而异",我们两个人便是这样,我自(至)今还是性情暴躁,他始终温和冷静,有话我要说就说,他可以半天不说话。也许有人会错认他胸有城府,成见很深的;其实,他有的也是一颗热的心。尤其对地方事情,他的服务精神大家可以看得出。这十七八年来,我经过南北好几个大学,而战前十年,他即始终守着市立一中在办学。我笑他耐心好!然而今天,他在地方教育上,谁敢说他没有贡献!谁能埋没他的功绩!

如今,我固然顽躯甚肥,他的尊体也不能说是苗条,可是在编"春晓"时代,我们两人都是清癯的少年。不觉得二十多年过了,所幸我们还没有秋气,目前依然是春晓!然而读到清悚的"春雨秦淮蝶梦多"之句,又怎能不动今昔之感呢!

编注:此文原载于1946年10月17日《中央日报·泱泱》第249期。署名:冀野。

样书

昨天，五月二十，从南京寄到丛书的样子，因为没有工夫校对，今日虽然暨南有课，但午前还有两小时的空闲，所以早上起身，便把这七本草订的书放进皮包里。

第一，被振铎发现了。他见样书已刷黑，并没有硃印本，颇以为惋惜。我说："银硃实在太贵，一部二十二册的书，用雕版印出来，已经是'贵族的'，何必更去奢侈呢？"

他笑道："原本含有'贵族性'，这年头儿还刻甚么书！既刻了，率性讲究一些罢。不用硃，用宝蓝印几部，倒是不错。"他始终觉得有点"那个"的。因为给学生们顺便鉴赏一下版本，所以带到教室去。有几位同时问我"刻的书，究竟较排印的有何不同？""手工去雕，仿佛在行款上有一些'艺术的'味道。实际上最利便的是剜补错字。较印好了一万八千那样的机器印刷，毕竟不一样。用墨和用油墨，在读书的时候，也有不同的趣味。此后雕版的方法，渐渐地要失传了。我不过是完全为着趣味，便费了这许多的财力和时间,本没有甚么提倡的用意。"我随便地回答了他们。后来匆匆的并没有机会去校对,仍然带回寓所了。

只是因夹了这几册书,引出了这一段谈话。在民国二十五年,在上海的一隅,我们还有这一段问答,恐怕将来的人还要惊疑:"那时代还用雕版去印书么?"我想到这里,不免暗暗有些好笑起来。也许告诉了圣陶,他还要说:"老卢你也这样觉得了呵!"

编注:此文录自《中国的一日》(生活书店1936年9月初版,茅盾主编)。署名:卢冀野。

征鸿

冰莹：

　　长安别后，当夕到陕州下车。第二天，渡河由茅津向中条出发。因为"尊体"分量略重，骑马背上，马吃不消，过"枣子沟"，一掀便掀在地下。所幸地上是砂，要是石的话，今天哪里还能与你通讯！

　　在东延宿了一宵，实秋、飞黄向郭源前进，我行了半里，鉴于昨日之事，勒过马头，便回茅津去也。托天之福，"整个的我"居然安全运到洛阳。洛阳又有十日之留，这十日的生活，无非是"人家饭我，我不饭人"而已！中间到郏州去四天，往京水镇视察河防，作了一首长诗，已见《北征纪程》，想你早经寓目了。孙桐萱兄慷慨亢爽，我们非常谈得来。他送我们回洛阳，未曾耽搁，就向南阳前进，南阳住的是玄妙观，此行在汜水曾住过一家澡堂，初出发时住过银行，洋楼茅屋随处栖身，学校衙门，任人停脚，这种游饭僧式的旅行，在我是生平第一遭。

老河口你是到过的，我们也住了两宿。雨中才到快活铺，（钟祥的城外）和张自忠将军盘桓一晚，赶至宜昌，随上江轮。抵重庆是三月二十三，没有想到，这么一早竟回了行都。

以上絮絮叨叨的，把别后行踪，都告诉你。原来到渝后，就"要"写信，但是"要"到现在，始终不曾动笔。《黄河》压根儿没见到，寄中大的印刷品，往往不翼而飞，何以白沙也没收着呢！请你费点邮花，再寄全份给我。现在随函寄稿一份，这两套曲，是我最得意的作品，望多赠稿费，以增兴趣。第二期以后的稿费请一并寄来，我打算用这笔钱，印此"赠品的著作"呢！"别长安"以下另抄寄。

卢冀野　五月七日

编注：此文原载于1940年5月25日《黄河》月刊第4期。

长安卷旅雪中川香米园亚遇女共陈角诗筒同一礼黄瓜以此池涛生

冰莹兄郢念
黄郛大江雁塔

卢前书赠谢冰莹手迹

重庆重来

(一)

民国十九年九月,我应前国立成都大学之聘,从南京启程,乘轮船到汉口,换船往宜昌;在宜昌上了民生公司专走川江的轮船入峡。已记不清是哪一天了,当我在朝天门下船时,那时我虽不如今日痴肥,然而爬上坡路也颇费力。

记得住的是嘉陵宾馆,城里还没有人力车,交通工具只有轿子,最热闹的是下城的陕西街,善成堂是惟一的旧书铺,我曾在那儿买过书。所谓上城,至今印象很深的名称是小樑子,因为那次我们入川,领队者为蒙文通先生,一切靠他这"识途老马",我们要叫"么厮"购买些什么"家私"时,他必曰"小樑子,小樑子!"而小樑子这一条柏油马路,是我第二年出川时才筑的。通远门外,陂陀数里,一片荒郊,有几辆人力车专走这条路;仿佛现在川东师范的去处有一个私人的花园。从南路口下坡的菜园坝,是我最熟悉的。因为当时的重庆大学,就在那儿。主持这学校文科的人是亡友吴碧柳先生(芳吉)。我们留在重庆几日,无日不和碧柳在一起。使我对于重庆发生兴趣的,也正是因为诵碧柳的诗。谈重庆必须要谈到这位短命的诗人。

滩声忽北阔,渝州遥涌现。

关塞巩金汤,楼阁逼云汉。

飘渺神山图,峥嵘艺术院。

天上一座金刚石,冠在江源光禹甸。

此诗为他的渝州歌二十五首之四,"天上一座金刚石"这一句诗已足为渝州写照。也可以写出我当时初到重庆的印象。

下午,花生大王尽量倾销他的囤积的货物。花生,是秋冬之交的公务员的宠物,在几小时的交易当中,"大王"会欣然地摆出"售完"的牌子。

重庆季节的变换,委实是很明显的。同在下午五时,有时会在昏黑的晚上,有时会在日暮的黄昏,有时会在热烘的太阳笼罩下,也有时会在雾色苍茫的景色中,这里的居民,大都在这时的前后晚饭,夜幕拉出了光芒微弱的路灯,整个山城,又换上了一袭夜服,上清寺地区,又由沉寂而转为忙碌了,车站上伫立的人,更拥挤起来。人们都向城里输送了,滞留在这儿的,也有些交谊往还的朋友,和朋友们聚餐联欢的场合。近来坐在吉普车上的盟友,渐渐地多起来了,流浪过千山万水的同胞,也渐挤到此地,上清寺也平添了不少的热闹的秋色。

夜幕渐渐地展开,有卖炒手和小面的担子出现,鸡蛋面和酒肆,也逐渐地盛了。守夜的更夫,会轻轻地敲梆儿,炒米糖开水的叫声,渐渐在长夜中显得清澈。只有旅馆的门外,还挂着一个红色的灯笼,隐约着几个墨黑字句:"鸡鸣早看天"。

碧柳在十八年春从成都大学来,我在秋间往成都大学去,两人没有能长期聚首,而留重庆这短短的几日,使我终身不能忘。他告诉我,正在着手一长篇的史诗,定名"三万六千",分三部:第一以四川为背景,大禹作中心人物,写中国之开创。第二以山东为背景,孔子作中心人物,写中国文化之奠定。第三将以广东为背景,中山先生作中心人物,写中国之新生。他不久以前北游齐鲁,现在留在四川,俟一二部脱稿后,再作图南之计。他打算采用六言,为我国诗歌作一种新的尝试。他又说:"以往我们治文学的目标,在求中西之一致,近来我的意见不同了,我觉得要发扬中国的文学,正在求我们与西方文学的不同处。从求同到求异,是我主张大改变处!"这些宝贵的意见,至今我还记得好清楚,只可惜那名"三万六千"的长诗,没等到完成,碧柳便成了古人!

当时我有一本诗稿,曾请他校定。他告诉我,已选了几首写入日记。并且说:"兄诗以抒情者为上,叙事诗稍嫌力弱。"后来那本诗稿和我留蜀的两本诗稿,在京沪道中都遗失了。那次旅行,所存下的有两支散曲,名"渝州志异":

〔中吕醉高歌〕料山城岁晚难凭,有子姓居然显圣。沙场攻守原无定,袖手看灯前阵整。

记永州旧有英名,柳子厚文章可证。如今威振巴渝境,便子厚爱文章不称。

说来是一段很滑稽的事。我住在嘉陵宾馆时,将新买的一双皮鞋,放在床下。一天晚上,竟被耗子吃了一只,我从来没看见过那样大的耗子,排起队来在房中行走,大有行军的气派。若在现在"司空见惯",也就不会"志异"的了。然而这两支小令,倒是第一次游渝的纪念作品。

（二）

二十年六月，游罢峨眉，从嘉定买舟东下，又经过重庆。与碧柳又盘桓过几日。不料在次年五月九日，他竟与世长别。"巴人歌"是他最后做的一首诗："巴人自古擅歌词，我亦巴人爱竹枝。巴渝虽俚有深意，巴水东流无尽时。……"我离别了重庆，只道决不会再来之日的，万想不到二十七年七月，我又从汉口飞到珊瑚坝！

其处是西川，已上朝天渡口船。
父老相逢犹识我：卢前，不入山城记七年。
江海尚烽烟，共为邦家策万全。
灿烂庄严行在所，欣然，愿傍嘉陵受一尘！
　　　　　　　——南乡子二首之一

在我未入川以前一个多月，我全家都已先到重庆，卜居米花街，正靠着杨柳街。这杨柳街是有故事的：相传张献忠屠蜀时，到了渝州，见一白头孝子负百岁的老母而逃，张插杨柳一枝于孝子之门，这条街全街的人得免于死，故名杨柳街。碧柳的幼年也住过杨柳街：

长忆杨柳街，及壮始还来。

当时名山处,高高筑电台。
春茶长乐馆,月饼永和斋。
问讯都如重隔世,踟蹰空自数门牌。

——渝州歌之五

我隔了不过六七年,重来重庆,随处也已有"隔世"之感。不独上城的新马路,下城也不是当日石板路坐轿子的情景了!

下城今昔已沧桑,屈折江流绕胃肠;
兵气每于文字见,秋心不与壮夫凉!
康衢曾识崎岖路,荒瘠看成稻麦场;
独为人间留两眼,旌旗峡水共低昂!

——下城

楼阁参差出道旁,一篑越过七星冈;
才知身已登高处,尚有千家在下方!

——七星冈

可忆东城履满街,旧时门巷长苍苔;
秋宵为食龙池鲫,曾有诗人蹈雨来!

一种潇潇入夜深,江南江北雨沈吟;
分明今夕巴山雨,滴碎灯前万里心!

——雨二首

这都是我二十七年初来重庆写的诗,可知当时是什么心境!尤其有趣的,当我初访碧柳于重庆大学时,那时还有一位主持理科的吕子房先生,他们正在经营新校址,图样已画好。碧柳站在两路口指向西边的一带山地说:"将来的重大,便筑在沙坪坝这带地方!"我顺着他的手指一望,惟见烟岚露树而已。不料重来时,这新建的重大,已是美轮美奂的;而中央大学借重大的近处松林坡筑了战时校舍,为我这七年来常到的去处!可惜这些都为碧柳所不知的了。

有一天,我特地重过菜园坝,重过碧柳故居,又写了一支〔中吕红绣鞋〕:

字水西头古道,涂山对面荒桥。我来曾记是秋朝。主人霜后叶,寄命坂前茅。开门诗境好!

二十八年五月四日,重庆遭大轰炸,先一日,我奉母移家去到碧柳所生长的江津县的白沙镇,一住三年,再移北碚;虽然每月必至重庆,但重庆经过这几次劫火,已不复是旧日的重庆了!

(三)

吾生四十年,居于蜀中者前后八九年;差不多四分之一的光阴都在蜀中过的。其间来来去去,也有足记。

二十九年一月三十日,我参加国民参政会华北视察团,经过陕晋豫鄂四省,三月二十一日从宜昌由水路回到重庆,经过涪陵、长寿,在洛碛宿了一夜,在我的《北征纪程》诗收尾:

滩滩小市菜初花,渐近行都渐近家。
别过涪陵即长寿,朝天门外泊星槎。

不辞跋涉劳军使,独念门间倚望时。
归日亟翻行箧底,解颐为诵纪程诗。

今日的重庆,不独是我家之所托,我早已亲如故乡了!

三十年十一月,我出长国立音乐专科学校,到福建去了一次。次年四月,在桂林待飞机,急着要回重庆。刚刚渝州同文展禊,王钝禅先生为我拈一"带"字,我写了一诗:

南山不满眼,云气何暧靆。
闲歌春梦婆,去年落岭外。
梦中长江水,嘉陵一衣带。
流过我家时,暮涛益澎湃。
儿正望耶来,老母倚门待。

坐我榆湖上,灯底发深慨。
悬知朋鲁乐,当有挑菜会。
胜事未及与,随缘掉书袋。
更琢五七言,写此流民态。
献我海坝吟,愿早还行在。

我要借贾岛的两句诗:"无端更渡桑乾水,却望并州是故乡。"我淹留重庆,又安得不望重庆如故乡呢?

今日之重庆在炮火中生长起来,崎岖的山路,逐渐改变成康衢的大道;怠忽的民风,逐渐养成了勤奋的习惯。新的重庆即新的中国之象征。我还是借碧柳的遗句,以结束吾文:

最忆少年日,长征着东路。
崎岖人马杂,跋涉关河亘。

而今驰道开。铲山作单步。

乐府体歌蜀道难,离人不羡鹊桥渡。

——渝州歌之十八

何处难忘者:对门黄桷树。

苔岩高矮树,篱落淡浓花。

野老勤挑菜,村姑忙纺纱。

早忧茅屋风吹倒,等过城中千万家。

——渝州歌之十九

编注:此文原载于《旅行杂志》1945年第1期。署名:卢冀野。

东望南京

雨花台还是那么高峙着！三忠祠外，今年添上了我们一位老弟陆玄南烈士的血迹。我想：土应当分外的黄，草应当分外的碧。可是，在铁蹄下被蹂躏的我们的父老兄弟姊妹们，忍着泪，低着头，正祷祝着"楼船东下"，早日实现"收京"也。

在我幼年，曾听到曾九克复南京的故事，盘踞城中十二年之久的洪氏，也不过是昙花一现。那一些坚甲利兵，妃嫔宫室，金迷纸醉的豪华，终于被李臣典匹马单枪，扫荡无余。紫金山色虽然一日有七十二变之多，我们南京人浩然的正气，是万年不变的！不说当时谋迎官军的张炳垣秀才，只要看金亚匏、孙文川、杨柳门的诗篇，便知道一时随城沦陷的人士，和流离南北的迁客，同样的忠勇，同样的振奋。谁也不能否认我们南京的"士气"！

十二月十一日，这个不祥的日子，今天又来临了。当此第四度来临之时，正在太平洋上风云汹涌之日。我们知道有多少李臣典在此地秣马厉兵，准备向中华门城上一跃，又有多少张炳垣在那儿箪食壶浆，准备到扬子江边迎接王师。扫叶楼顶细雨，流徽榭上明月，数不尽的风光，将重温于来日，不独"收京"我们还得要"建设南京"！洗涤了膻腥之后，非建设一个"新南京"不可！

元遗山常吟哦的一句诗："一片伤心画不成！"我们在此四年中的"一片伤心"，终于是有代价的。现在已开始进入"最后胜利"的阶段了。我们东望南京，第一望到中山陵上的五云，式凭国父在天之灵，还我河山，使金瓯无缺！从今天起，我们当更振奋、更忠勇地完成我们的抗建工作，无论流亡和留守的乡人，我们需要互相勉励。

明年今天，我将奉邀父老兄弟姊妹们，在陆玄南烈士的墓前，共话四年中的经过。大家合力去计划"新南京"的建设。今天我先这样的预约。最后我写两首小诗，结束此篇。

飘泊支离过四年，
几回东望隔云人。
平生不作伤心语，
忆到金陵一惘然。

波谲鱼龙又一场,

大风吹到太平洋。

收京疑是来朝事,

说与流人莫断肠。

编注:以上录自《夜谭拔萃》(《新民报丛书》1945年8月初版),第35—36页。署名:卢冀野。

归来

我们全家二十二口,一位老母,四对夫妇,加上十三个孩子,现在回来了十六口,算是一大半。谢谢政府给我们分别用空运、陆运,都运了回来。不管坐的飞机、汽车、火车、轮船、铁驳、木船、总算安全无恙。回来了,居然都生还了,我们当然喜悦,当然感谢我们的政府。

不过,一到了南京立即发生的第一个困难,就是住的问题。城东的住宅,被所谓"皇军"付之一炬(当我离开重庆的时候,朋友们还托我去京代觅房子,谁知我自己就无房可住)。膺府有一所百年老宅,早已有人满之患,而且破坏不堪。无已,将老母托之亲戚家,一迁再迁,始终未住定。妻子归来,再借住亲戚家,大的儿子搬到学校去住了,所幸我还有报馆可以栖身。我们这一家的户籍,分填了三四处。想盖几间房子,除了缺少法币,倒没有其他困难,要集合全眷,租几间房子罢,哪有这样合适的房子?纵然屋子是有,无如法币不足!于是乎,所借的两间房子：一间是卧室，兼餐室，兼会客室，兼书房；另外一间是卧室兼厨房，兼浴室，兼厕所（其实不能如此严格的分别，天热的时候，也同时都作浴室的）。

第二个困难又来了！不知是怪人口多呢，还是怪气候太好？个个食量大增，一石米不消几天便改造成肥料。米的补充要快，而米的购买大成问题。好像谋工作一样去请托与米业相熟的亲友，再代办十日之粮。肉类太贵，改吃蔬菜；谁知蔬菜也贵，只有吃酱小菜。

天气忽冷忽热，连着第三个困难也来了。当时为着上路方便，衣服都在四川的地摊上拍卖掉了，还有一部分衣服至今还没有运到。像我这种身躯借衣服又不大容易办。至于女孩子还可以穿男孩的衣服，男孩子又不能穿女孩的衣服。这衣的问题的严重性不下于食住。

第一个，老母便懊悔起来："早知如此，何必归来。"第二个，妻也大悔："留在四川有甚不好！回来之苦，过于流亡！"连孩子们都有牢骚："爸爸妈妈天天说南京好，南京好在什么地方？"……

我们已是归来了！南京究竟是我们的家乡。我的父亲是南京人，祖父是南京人，曾祖是南京人，高祖是南京人。我们是真正的南京人，能回到南京，当然可以欣慰（虽然真正南京人这五个字，有些朋友不爱听，我还是要说的）。

卢前全家照

"我们未回南京，怀想南京；我们回到南京，又厌恶南京；要像这样久住南京的话，恐怕要痛恨南京，我真不想作南京人了。"我偶然在后湖的一个集会上说了这句话。谁知这句话有人替我广播了，后来惹起了治理南京的一个人的牢骚，他说："他（指我）不想作南京人，请他就离开南京好了！"虽然这样说，他并没有送交通费来给我，也没有为我指定居住的方向。不过，我总感谢政府给我这全家还都的机会，我在南京已是困难丛生，并没有给我们解除这些困难；我们只有靠自己的力量生活下去。"先生"，我虽未"受一廛"，然而这一"氓"是氓定了的，这籍贯，恕我不能照尊意归随便改易的了。我既然归来我这父母之邦，一切只有住下去再说。

编注：此文原载于1946年6月18日《中央日报·泱泱》第143期。署名：冀。

怀旧中之怀旧

在重庆八年,每逢上巳或重九,总会有好事者来一次修禊。因为我住在白沙,后来移居北碚,不能常常参与。自从胜利以后,今年上巳在重庆领事巷康心之家举行过禊集。分韵赋诗,至今还未缴卷。不觉重九又到了。真高兴!大家能回到南京来度此重九。主人有四位,两位白胡子:一位是三原于先生,一位是剑川周先生,另一位是沁水贾先生。约的地方是利涉桥下大集成酒家。主客三十六七人分坐了三桌,何叙甫、汪旭初、郑曼青、彭醇士、郦衡叔等当场画了不少幅山水花草,由周惺老题尚,大家又题了名。每人面前放壶花酒,酒家备下圩蟹多盘,一直吃喝到下午四时多。这回,韵也不分,体也不分,只限期交卷。酒阑人散,剩下于先生、严敬斋翁、仲岑夫妇和我。我提议去到雨花台登高,于是上车直出中华门。

雨花台改样了。代替木末亭的方亭没有了,方正学祠拆掉了。节孝祠也不见了,永宁寺一点痕迹都没存,李臣典祠上添了些铁丝网。一切都变了。所谓第二泉,也只是重盖的几间茅屋,还对着安隐寺。我们在石子岗上徘徊了一会。走进一座同业公会看机工们在织布。颓垣败壁,到处凄凉满目,我想起这岗上还有座梅将军庙。遗址也还指认得出来,可是连残砖碎石一块都没剩了下来。

"还是到第二泉去喝一碗茶罢",我这样提议。大家就走进第二泉,于先生的胡子是最有吸引力的,多少只眼睛立时集中在修长过腹的银髯上面,我们在院落里一张茶桌坐下来,各泡了一杯龙井茶,所幸泉水依然清冽。当下我问沏茶的那位少妇:"从前那长个儿招呼茶座的是你什么人?""爸爸,我们回教叫祖父做爸爸的。"她回答我,并自己下一句注脚。这时候,我猛地想起了一段故事来:

已是二十几年前了罢。有一回我随胡小石先生、胡三先生,记得还有吴白匋几位,到这儿吃茶。胡三先生说起,在他小时候,这第二泉茶炉上立的一位少女(那时他指着长个儿说,怕是他的姑母罢),丰姿绰约,"使我们一天不来喝茶便感觉一天不舒服。她如今怕已做了祖母了。不错,我都抱孙了呢"。胡三先生那时抚须微笑,说话的神情,宛然在目,我还写过一支小令:

相思,折枝,说甚垂垂子。炉边不见俊庞儿,多少风流事，映水螺里，当门晒肆，红颜薄命词。发痴又前度刘郎矣。

胡三先生怎说起这故事的呢？因为壁间有人题句，有这么"多少垂垂子"一句，因此勾起胡三的怀旧之情来。如今壁都倒了。说故事的胡三墓已宿草了，那长个儿怕已死了罢，更何况他的姑母；那回是游春来的。这回是登高来的；眼中风物全非，使我不能低徊怅惘。我还有一首，也是《朝天子》，也是说的雨花台，也是二十年前旧作：

下车，煮茶，说几句风凉话。这边写的故侯家，更一座清禅舍，浴佛泉边，讲经坛下，曾发天雨花。草取木耶，好一幅秋山画。

快黄昏了，我们又上车进城。我想："今日之游，非写点东西不可，几时写成呢？我不敢说。"

编注：此文原载于1946年10月10日《新民晚报》。此处录自《夜光杯文粹（1946—1966）》（上海远东出版社1999年8月初版），第120—121页。署名：卢前。

我们的母亲

琢如老人自挽

侍重闱,奉翁姑,相汝父,抚弟妹,教子女各成立,都完婚嫁;俯仰间四五十年,总算是劳而有获。

历鼎盛,尝忧患,经吾眼,尽沧桑,幸流亡得归来,又缠疾病;评量遍百千万事,愿无忘忍始能安。

母亲生我已是二十六岁了。我是第三胎,前面生的两个男孩,都没有存,所以我成了长子。在母亲三十岁以前的生活,我那时还不懂事,不能知道详细,不过晓得我家正是鼎盛时代,母亲是一位富贵人家的少奶奶,虽然操劳一些,心里当然很安闲的。在母亲四十岁的时候,我们的家庭已开始崩溃,景况便大不相同。到了五十岁,父亲已逝世,靠我教书来维持十口之家,不是母亲的总持大计,我们不知道如何才能渡过那一重重的难关。在抗战以后第三年代,母亲是六十岁的人了,就是母亲生辰的第二天，我去华北劳军；现在居然全家回到故乡，母亲虽然是六十七八的人，精神总算好的。我一向想为母亲写一篇文字，怕一下笔就落套；我们的母亲毕竟与旁人的母亲不同，她老人家这四十多年的遭遇值得叙述的；尤其母亲本身有她的信念，她的处世哲学，她的教子方针，无一不独具风格，在旧的贤妻良母型中也是一位特殊的人物。我将力求客观地观察，不是想介绍我们的母亲给大家认识，而是教女青年们知道在我们母辈中，在我们古老的中国，有这种肯牺牲、肯吃苦、肯奋斗的母性。谁说中国没有母德！她们有她们的时代价值，她们有她们的斗争精神。

以下，我分少年、中年、老年三期作为叙述的次第。

母亲名玉章，字琢如，孙氏，南京（那时属于上元县）人。生在民国纪元前三十三年（即光绪六年）。

全福巷孙家，也是南京老家之一。母亲出世的时候，祖父炜堂先生、祖母王太夫人还在。炜堂先生会画梅花，过着处士的生活，在太平天国战事结束以后回到南京，弟兄五个，只剩了二位，炜堂先生和他的二弟，这位二太爷得子很迟，炜堂先生有三个儿子，在第三个儿子过继二房不久的时候，二房也生了儿子。相传他们是原籍安徽省歙县，因为有一年大水将家谱漂掉了，所以先世的支系不可考。我们的母亲是炜堂先生第二子克卿先生的长女，大排行是第二，克卿先生有一子二女，我们的外祖母娘家姓朱。

在那时候，差不多的人家都是大家庭制，大家庭的维系就是义气，讲义气，然后才能和睦，能和睦就可以互助，而基本在彼此能忍让各不自私。孙家这个大家庭在当时所以能由寻常的门户进而成为繁盛的门庭，正是大家讲义气。二老太爷对长兄的恭顺自不必说，二老太太侍奉她的长嫂更如事婆母一样的。克卿先生对长兄勉斋先生和三弟叔平先生，二房的四弟绍筠先生都是一视同仁，大家急公好义。所以在叔平先生、绍筠先生先后中了举后，孙家的声誉在南京便一天天地提高了。我们的母亲是在这样的环境中长大的，所以母亲便是最肯吃亏的一个人，最能忍、最急公好义。不过，那时是重男轻女的，母亲能文墨，大半是出于自修的，在十岁附搭在家塾里读过一两年书，只是识字，谈不上知书，因为肯学习，自己找书读，一直到晚年还有这读书的习惯。那时一月只有几天可以开荤，吃到鱼肉，家里生产的人一天天多，而依然俭省。依然有很好的家规，大家共守。

在这里，我要谈一谈外祖母朱太夫人的性格，外祖母逝世，我已十岁了，因为小时候常常跟着朱祖母所以知道得比较详细。外祖母是不识字的，但是满口"论语"，例如"小不忍则乱大谋"等话常常应用。外祖母的酒量极好，豁达大度，遇事果断，并且顾全大局，没有老太太们琐屑絮叨的习惯。在我的印象中外祖母是性情爽快、动作敏捷、最有才具的一个人。母亲似乎比较外祖母软弱，胆子小；然而大事当前，从容处置，事事有主见，在这一点上完全是母性遗传，不独酒量同外祖母一样大。据母亲说，外祖父是讲理学的，人极拘谨、笃实；母亲所得父性遗传的也有一部分，例如平生怕举债，一介不取，公平正直，这都很像我们的外祖父的。至于遇见邻家少妇生产一定要跑去帮忙、同情心重，这样热肠，完全是外祖母的作风。看外祖父的性格，我们才能了解母亲。

母亲的婚姻是这样成功的：外祖父在我们家作塾师，教我的伯父和父亲的书，因此选中父亲作他的女婿。在那时，从经济状况说，我们的家庭比外家要富裕些。三外叔祖叔平先生又是我曾祖的门生，两家算有世谊的，加上师生的关系，婚约很早就定下了。那一年母亲是十三岁，父亲和母亲同年，大十一个月。大姨父陈肇唐先生也是一个举人，父亲结婚以后才进学，恰巧与舅父同案。

母亲说，因为年纪很小就传红，自己知道订给卢家，遇到与卢字同音的字不肯读，为的怕羞，那时也只知道父亲很胖，听到人说胖子，便不敢响，而舅父们故意地说胖，说与卢字同音的字。文定的那几天躲着不敢出来。订婚了七年，在二十一岁那一年结婚的。十几岁以后，结婚以前，经过祖父母的丧事。看过姑母们结婚，对于婚丧大事，科举的成败看过很多，这种家庭教育对于后来作主妇的影响很不小。那时的社会，简单地说，不过是忙的这几件大事罢了。

母亲二十一岁到了我家，那时候曾祖母还不到七十，祖父祖母也都没有满五十岁。我家的世系是这样的：四世祖安庭公由丹徒搬到南京，他生了六个儿子，这幼子浥棠公是我的高祖。浥棠公又生了五个儿子，我本生曾祖云谷公是长子，少棠公是次子，我这曾祖母梁便是少棠公的夫人，结婚不到一年，少棠公便殉了难，那正是太平天国战争的时期。曾祖辈五个人后来只剩了云谷公一人，而少棠公是结过婚的，五房只我祖父这一个独子，我父亲行二，伯父承大宗，以父亲过继给少棠公，所以曾祖母成了我父亲的嗣祖母，她老人家非常宠爱父亲，尤其后来宠爱我。祖父是除了读书不问别事的，家政完全操在祖母。母亲过门时，父亲这辈，有三位姑母，一位伯父，五位叔父，后来祖母又生了八叔和九叔。大二两位姑母出嫁了，六七八九四位叔父年纪都很小。除三叔在十六岁上病故外，四叔五叔也都没成家。伯父捐了官到天津候补了。伯母也跟了去。于是父亲成了责任内阁，而母亲主管内务行政。在祖母的指导之下,差不多经过了十年。祖父祖母接连两年去世了,伯父虽匆匆奔丧回南京,一切责任仍然由父亲担负,但是对内的照管都是母亲,曾祖母是一个性很强的人,特别重男轻女,说起来:"不过借少奶奶们这肚皮装一下,子孙总是咱们家的子孙",嫌我母亲懦弱,太好说话,将这班小叔小姑们放纵惯了。我从小就看见母亲从来没有顶撞过一句话也从来没见母亲哭过。她只是说:"这是应当我做的。"或者"这是我没有照应到!"家中上上下下大小十口,单是男女仆人就十来个,母亲那样的大度。母亲的一套吃亏哲学,我未能完全接受、我最小的叔父石青比我大三岁,襁褓之中,曾喝过母亲的奶。有一天,那时祖母还没得病,对母亲说:"二少奶奶,你譬如多生一孩子,你就拿他当做自己的孩子罢!你们好好地照应他!"这句话母亲记下来,几十年来都不曾忘记,母亲对于太婆,对于公婆,对于丈夫,在现代妇女眼中看来,似乎太服从了,不,在母亲不这样想法,她认为老人们有她们的经验,她们根据经验说的话不会错,至于父亲在社会上办事,自然见多识广,何用别人来多话,这徒乱他的主见。曾祖母一天天地了解母亲,知道母亲的性情是这样的,于是一天一天地爱护这孙媳妇起来。我们兄弟姊妹,一个个地出世,母亲的肩上一天一天地加重。但是，母亲从来不埋怨，不打子女，不咒骂子女。她说："一个人要有几个子女这是一定的，我不着急。"家以内的事，除了需要作主张外，的确从来没有劳烦过父亲，给父亲安心办学。大家庭制度的优点在那时还能勉强地维持，大家庭还没有到达崩溃的程度。因为母亲从外家带来的容让公义的家风，所以能在祖父去世几年以后，还没有使这一家的人分崩瓦解。分崩瓦解的开始，便是"分家"。

分家在从前叫做"析爨"，那田家荆树的故事，想来大家是知道的。因为在那纯粹的农业社会时代，大家庭制度的基础非常巩固，谁要提倡析产、析爨、析居，谁就是不肖。我们家里终于在民国二年分了家。这时，三姑母已出了嫁，六叔七叔都很年轻地娶了亲。只有八叔、九叔还小，九叔仍然跟着母亲，八叔交给五叔去教养。看着这一大家很富裕的，可是十来份分下来，每份不过三千余元。有的还在争较好的房屋，较肥沃的田地。只有父亲愿意要别人选择后剩下来的东西。俗话是"好男不吃分家饭"，靠着祖宗遗业，自家一点事不干，实在要不得。父亲自民国纪元前八年办宏育学堂，接着任津逮学堂堂长，后来改为国民小学，又改任第一高等小学校长，差不多二十年都没有离开岗位，因为主持家务失去了机会很多，例如那时派往日本留学，本来打算去研究教育的，但全家一切责任推诿不了，只有自己牺牲。父亲是一个有深谋远虑的人，而且很有政治才能，我们几个兄弟都不如父亲。因家庭的牵制，使父亲很少发展的机会。一度到邳县掌管教育行政，不久回来，又往省立六中去教书。到邳县那一年，曾祖母以八十三的高龄逝世了。等父亲奔丧回来，丧事一切，都由母亲办得停当。第三年，父亲应一老友之约往湖北去，在襄樊做了几个月的榷运局长，依然两袖清风地回来，那一年我上的中学（南高附中），在父亲出门以后，母亲的责任格外加重了。在分家以后的七八年，又进而分居，望鹤岗的住宅以贱值卖给宝庆银楼，我们一迁全福巷，再迁剪子巷，租赁而居四五年，母亲非常感觉痛苦，本来从自家的深宅居院、高舍大厦，迁到人家小户旁宅，处处觉得不便。这时，父亲任松金青官产处事。任所在松江，惨淡经营，节衣缩食，毕竟在小膺府造了五进一所的房子。民国十二年迁入新居，十三年，九叔结婚，十四年我结婚，这些事都是由母亲实际主持的。

十四年冬天，夏历是腊月初四，那一天晚上，全家正在晚饭，接到青浦的急电，说父亲出差青浦在旅寓中患急性中风逝世了，这正如霹雳一般，在全家啜泣之中，母亲拿定主意带我前往奔丧，扶柩由安亭上京沪车，大约是腊月初七罢，一直送回南京。从现在计算起来已是二十一年了，临大事的那一刹那，一切光景还历历在目，母亲是如何刚毅，决断；谁又能说她是软弱呢？自那时起，一家十来口，全靠我在钟英中学兼课的几十元月薪维持。柴米菜蔬，每天日用，母亲都预算好，几天开一次荤，亲戚家的馈礼并没有间断，子女教育从未忽略。妹妹上师范，二弟三弟上初中，四弟上小学，那时我大学还未毕业呢。"苦，苦！"咬着牙硬吃了三四年的苦，在母亲手中一文债务都没有负，一直等我第一次到四川，在成都大学任教，每月薪水节省下来，将旧日未了的手续偿结清楚。妹妹师范毕业也结婚了，二弟三弟先后服务银行界，四弟高中也毕业了，考入大学的那一年，抗日战事到来。这时孙男女一天天多起来，而母亲的操作从没停止，家政的主持一直到二十六年八月。开始过流亡生活，流亡时代的家政才由儿媳们分任。

在母亲自己处理家政的过程中，虽然环境变迁很大，但是母亲有她不变的标准，一是她认为应该做的，无论如何要照做。一是尽其在我，不顾及人家对我此时了解与否。因此往往有当时不了解母亲而事后感激涕零的人。较好的东西留着给人，次一点的自家用；例如茶叶好一点的招待宾客，自家宁可喝粗茶。一件东西准备给谁，就是再需要些，自家也断不取用。父亲在日，曾笑母亲是"打酱油的钱不

卢前（前排右）与母亲（前排中）等

买醋"的。母亲的性情的确是方正的,大概心眼不方的人很少正直的。

母亲是一笃信历史的人,怀旧心情很浓,所谓"应该做的"也多根据过去经验而言。在民国十六年以后的社会,变动相当快,相当大;孙辈渐渐多起来,母亲开始觉得"时代"是不同了,前此,母亲所乐于接受的。也有几件事,一是女子教育,她认为女孩子同男孩子一样地去读书这是合理的;不过对于一般女子教育之不能配合家庭,也非常表示遗憾。所以我的妹妹在女中读书时,一面母亲给以补充,训练她学习家事。一直到我的女儿们大了,祖母对于她们仍然如此。一是婚丧礼的简化,母亲表示满意,觉得这是时代的进步,由十天半月的麻烦手续,简化成一天半天,只要意义隆重,不在乎形式上的复杂。而且以往滥费物资,实在不是"惜福",母亲最痛恨人"暴殄"的,父亲曾有一句名言:"一个人的享受,假设为十分,你少年时一笔支付完了也由你,分成三等份慢慢地支付也由你;完全留在晚年用也由你。"老一辈的人一早就预支用了的太多了,下一辈差不多个个人都肯退一步想的,所以不常失望。

二十六年八月十三,上海战事发生,我恰巧在上海。南京第一次轰炸时,我不在家。母亲那时已拿定主意,非"出走"不可。等我赶回来，在院落中筑了一个防空壕，不过躲了几次，终于因母亲的敦促，全家在九月初便走上流亡的道路，从芜湖，到无为，沿江到九江，到汉口，一直到二十七年五月，移居重庆。后来迁白沙，迁北碚。这八年之中，母亲的日课是照护孙男女，看守寓所，读《天雨花》《笔生花》这一类小说书。因为我们兄弟连姊妹五个人的迁徙无定，天天在"望信"，催写"复信"；枕边或抽屉里堆的差不多尽是家信，闷起来便以读信为消遣。南京一切都抛弃了，从来不提起我们的房屋，我们的产业；虽然偶动怀乡之念，但从来不肯说。在苦难中的亲友们，也是母亲所挂念的，但八年中与南京通信就很少。一同流亡的同乡们都道母亲的身体格外好，然而头发是一天天地白了，中年以后所常患的咳嗽气喘的毛病，不时还发，有时不免感慨："我这一把老骨头，这是不得回去了！"无论是重庆、白沙，或北碚，家乡人很多，也有些至亲往来，母亲倒也不感觉寂寞，那一年，六十岁的生辰，我们正住在白沙，母亲一定不肯"作寿"，那晚我写了一套北曲，后来母亲曾钞写一通：

春晖篇

己卯腊二，吾母年六十矣。避地白沙，未敢称觞。敬述北堂感旧之词,以为老莱舞彩之曲。题曰春晖。永垂家训。

〔商调集贤宾〕但能吃亏福不小,把忍字教儿曹。算花甲而今来到,早忘却多少煎熬!便吾家几阅沧桑(辛亥盗劫,壬子分爨,己未析居,丁丑兵火,于是四毁吾家矣),保身名应念劬劳。粝食粗衣也好,愿禁当风雨飘摇。方信这路遥知马力,江涨儿船高。〔逍遥乐〕想当初门庭光耀,上侍重闱,暮暮朝朝,欢乐陶陶。几曾料未老的公婆一旦抛,叔姑每稚齿垂髫。那壁厢啼寒换袄,这壁厢散学分糕,让一个嫂氏操劳。〔酤葫芦〕未曾婚嫁了,家缘守不牢。毁家再造逞英豪,尔父可怜抽身早。破空来松江音耗,只苦你孤儿奔走到今朝。〔浪里来煞〕自扶携十口家,上征程万里遥。况干戈满地阵云高,况团栾几家骨肉好。共斯民温饱,谢苍天厚我福多叨。

实际上此曲已是母亲的一篇小传,所以母亲非常爱读,常常对舅母姨母们说:"你们看,这不是我常说的话么?"自从流亡以后,母亲对宗教的信仰相当的虔诚,每天早晚要念金刚经心经好些遍,她老人家有时将儿子的曲文也当作金刚经心经一样的念了(我非常感谢梁漱溟先生,那年他来白沙。替家母写了一遍心经,极精工)。

在北碚听到胜利的消息以后,母亲才开始计划归期,一直到今年四月十六日，我送母亲由重庆飞回南京。飞机降落在大校场，母亲看到了钟山，看到了久别的南京，点点头微微一笑，低声告诉我："啊！这就是南京啦！"回南京已是半年了，到今天还"未遑宁处"，一家子仍然没有能团聚，母亲仍然在忍耐着，在盼望着。这篇文字是三十五年秋天，为南京《中央日报·妇女周刊》写的。母亲曾自己读过。那时，大板巷的破屋还没有全部收回修理；一直到第二年，夏历正月二十七日那天，我们由颜料坊夏宅搬来，全家（除了三弟一房在重庆）才住在一块儿，可是母亲便常常闹病了。这大半年的病情，我打算叫侃儿记载下来，因为他是学医的，可以说得详细一点。母亲是在三七年（民国三十七年）三月一日下午八时三十分逝世的，临终时，我们都在床前。第二天，下午五时大殓，来吊的有一百几十位亲友；到了十时，一切布置妥当以后，恰巧那晚停电，儿孙们围坐在灵前，悼念她老人家这一生，认为可以给后人学习的地方太多了，不是一篇行述或哀启所能说尽的；趁治丧时，重将这篇旧作印发给亲友们看。

编注：这篇文章的前面部分内容，曾分四次载于1946年9月26日、10月3日、10月10日、10月18日《中央日报·妇女周刊》第17、18、19、20期上。这里全文，系录自1948年3月《我们的母亲》单行本。

泱泱散论

中学国文教学三个谜

教师清苦，国文教师尤清苦，严格说来，中学国文教师尤清苦之尤。吾友夏丏尊先生曾撰联语，道："不如早死，莫做先生。"这寥寥两句话，便是他二十年中学国文教师生活的赞颂，何以见得中学国文教师尤清苦之尤呢？就教材和教法说起来，比担任其他任何课程觉得苦多了。在小学阶段和大学的第一年，虽然也有国语和国文课程的设置，可是较中学的国文科有目的、有范围；便于选材，教学。中学国文教师不过是一个寻常的人，既无三头六臂，又不能上通天文，下知地理，诸子百家，无所不晓。就任何出版家所刊印的教科书而论，绝不是一个寻常的人所能应付。——这，因为有些教育大家主张国文教师要负启发学生思想的责任。把这门国文科看做"德行，政事，言语，文学"四大纲领的总和，于是中学国文教师，非人人仲尼不可。叫一个寻常的人如何能应付呢？——究竟国文教师负的什么责任？中学生需要的是些什么国文教材？国文教学的目的何在？这三个先决的问题不弄明白，中学国文教师永远在彷徨中，国文教学不能有何进展。

第一，我们知道一位国文教师和担任其他任何课程的教师，所负的责任一样单纯。原来不能写作的，经过国文教师的指点，渐渐能用文字传达他所要表现的思想、情绪等等。原来读不懂的，经过国文教师的指点，渐渐能自己读得懂了。老实一句话：把读作国文的方法传给学生，使他们自己有读的能力，写作的技术。这便是一位尽了责任的国文教师。我想起一个笑话来，说："从前吕洞宾到了人间，用指头点石成金，拿给人，人家见了都很欢喜地接受了。后来遇到一位书生，同样给他一块金；被这书生拒绝了。吕洞宾心里暗道：毕竟读书人是不贪财的！哪里知道这书生说：'仙师，这块金我不要，我要你那指头，一块金很容易用完，有了你的指头，我自己可以随时点石成金了'。"我此处引用这书生的话，要中学国文教师把读作国文的"指头"给中学生，不要一块块金硬给他们。就我所知，以往中学国文教师，便有这种例子。譬如：这教师是研究小学的，教一篇"许慎说文解字序"费了一月，而其他的范文，一小时可以教两篇。这教师是研究史学的，今天选一篇"史通"，明天又一篇"文史通义"。把他的师承、心得，尽量陈述，尽量发挥；早已是忘了在教国文了。

如这位教师是爱作诗词的，于是诗词尽是教材，恨不得把学生教成个个李杜，位位周秦。若是这位教师是个小说作家，那么水浒红楼而外，这篇鲁迅，那篇冰心。就现在一般中学生的文字看来，鲁迅的讽刺短文，论语式的幽默小品，真是他们的"枕中之秘"。中学生在学卷着舌头说俏皮话，研究骂人的艺术。平实的语言，将有废止的一天。难道说这还不是教育上严重的问题吗？这是中学国文教师的责任，这也是以往在教国文的时候没有老老实实教国文的结果！

第二，说到中学生需要的国文教材，这就是国文教学的范围。我们要翻开一部国文教科书来看，大都初中的六册，按记叙、描写、论说来分，又分配着语体、文言的分量。见于这家教科书第一册的，那家选在第三册；初中一年级和二年级，其他课程的教材有很显著的分别，国文是没有的。甚至初中和高中的国文教材也混杂得厉害。难道说同一教材在初中教与教高中便不同么？我常常想，每一学年在原则上，一切课程的进度应有划一的分界，国文并不例外。我理想中的一部初中国文教科书，有一种编制的方法：第一年应以"造句"为中心，根据文法学，选范文专注意"句式"的完备。第二年应以"文字"为中心，补充作文学，选范文注意古今文字的因革。（不是讲文字学，虽然也根据六书。此处所说古今用文字有的永存,有的更变。例如宋濂《王冕传》和《儒林外史》的楔子并选,《尚书》与《史记》的同文异语的地方,可以供给中学生的字汇。)第三年应以"体裁"为中心,附讲修辞学,选范文注意各种文式,应用文整个包括进去。什么租约、田契、公文、告示,皆活泼新鲜的教材。并且每一学年作文即跟着范文进度。任何学校的初中二年级生都历习过文法,并且能造各种句法;决不和一年级生相同,三年级生也与二年级生不同,如此国文教学才有新的兴趣。高中教科书以往不是按时代分,即是以范文的内容,编为单元。其实第一年仍可接着初中,以体裁为中心,初中三年级注重应用的文体,高中一年级不妨深一步教各种文体。第二年以文学史为中心,顺着时代,选若干时代的代表作,使高中学生都有欣赏的能力,文学的趣味。第三年以学术思想文为中心,也顺着时代,选若干名著,俾高中学生对于我国学术有个概念。我对于中学国文教科书的编制,差不多十年来时时在思虑中,以上只是一个纲领,打算有机会编成样本,试用一下。不过国文教材的划一和范围的认定,在目前是很迫切的。

第三,上面说过中学国文教师的责任在使学生有读的能力,写作的技术。那么,中学国文教学的目的,就在教学生怎样读,怎样写作。过去,教育家们重视中学生要读些什么，写作些什么，而忽略国文教学的目的，是给学生以方法。究竟要中学生读些什么，这不是国文课程所特赋的职权，就学习国文说，学生仍应读一些关于读作方法的书。至于要中学生写作些什么，这也不是国文课程和教师所能限制的，国文教师在他们教学时，只指示写作方法和培养写作技术。我的拙见，国文教师是文字技能的指导者，给予的职权小，易于尽责，也易于生效。要是把学生思想一切交给国文教师，那绝不是一个寻常的人能做到的。固然，一个寻常的人，他自身也是很有道德的，品行端正，思想正确的；一切教师应当如此，不可独责之国文教师来负这"身教"之责，本来没有规定国文教师兼这"人师"之分，而国文这课程同样不能变成"百科全书"！所以说学生要读些什么书？写作些什么文字？这有广大的内容，要全部教师负责。国文教师和国文课程只是讲怎样读？怎样写作？"什么"与"怎样"的范围大有分别。中学国文教师生活既如此清苦，而自己的责任，所教的范围与目的又如此不清，其苦更可知！我们谈中学国文教学，非先打破这三个谜不可！

九月二十一日

编注：此文原载于《教育通讯》1940年第三卷第40期。署名：卢冀野。

苦，还应当吃下去的！

在抗战期间，流离播迁，吃了不少的苦："这样到光复，想到那时来，不免要求一点精神安慰，吃吃喝喝，看看戏，甚而至于跳跳舞，一天如此，两天如此，弄到天天如此！起初，还可以说是人情之常，可以原谅他一些，等到豪奢成癖，乐此不疲，在个人固然是堕落了。而影响社会的风气，他真成了世俗的罪人！"

虽然，我们抗战已获得胜利，而天灾人祸，屡见迭出。去建国的工程尚远。苦，还应当吃下去的！我们国家一天没有强盛起来，我们还不能安逸一天，我们非咬着牙，忍着苦，不能使中国走上建国的大路，我想起宋代"大小宋"的故事来！

宋庠、宋祁两弟兄，少年时住在山中看书，度着极清苦的生活，在天圣初年，两人同举进士，一时富贵起来，宋庠俨然官至兵部尚书同平章事枢密使，可是依然朴素如秀才时，乃弟宋祁却大不然了。他官至工部尚书，翰林学士承旨,女乐酒馔,大为豪奢,老兄看着不顺眼,派人告诉他,要他勿忘秀才时的清苦,宋祁回答得也很妙:"请你问我家兄,当秀才时那样清苦为的甚来?"

我想也许有人存着小宋的心:"八年吃的苦为甚来!"心里作如此想,然而,我要问你一句,"当前的世界是不是与北宋时相同?"我们生在今日,只有把吃苦的事忍耐下去!

"生于忧虑,死于安乐。"这两句名言,不要忘记了!要以今日的苦,换取来日的乐,要以小我的苦,换取大我的乐,有了一个富强康乐的中国,那才是我们的真快乐哪!苦,现在还应当吃下去的!

编注:此文原载于1946年4月21日《中央日报·泱泱》。署名:冀。

疗贫的医生

我要说一段故事,告诉我的穷苦的朋友,近来,大家见到面时,往往不及寒暄,第一句便说"生活不得了!""如何度过这贫穷的生活?"可知问题之如何急待解决了。要知道解决的方法,请听我说这故事吧:苏州叶天士,是大家所共知的神医,无论任何疾病,只要经过他的手,无不霍然。

一天,来了一位病人请叶天士诊断,谁知经过望闻问切,而这位病人分明六脉平和,并无疾病,但是聪明的叶天士毕竟医道高明,一眼见到病人衣衫褴褛,愁容苦脸的样子,便道:"足下之病无他,病贫耳。"果然一针见血,病人立起来一揖到地说:"先生高明极了!不过,总要请你下药医治。"叶天士想了一下,道:"这个自然!仅只有一味,那是新鲜的橄榄核,你到处拾起这橄榄核来,回家去栽在土地里,一月后你来见我。"

这病人半信半疑的,回去便照叶天士的话去做,大大小小一共搜集到新鲜的橄榄核不下三百枚,只要有土地,无不栽满橄榄核。一月后,就去访问叶天士,道:"那一切都依你办了,新鲜的橄榄核栽下土去,现在都长出苗来了。"叶天士道:"你且回去等,你的病已有了转机,不久定能痊愈!"这病人又半信半疑地回到家里。

每一个病人从叶天士医师那儿出来,在药方上没有不以"橄榄苗"作药引的。"这橄榄苗在哪里儿去找?""只有某家才可找到",轻轻地说开去:而那位贫病人的门庭若市了,十文一榄苗一涨到千文一榄苗,所有的橄榄苗都卖罄了,一边种一边卖,不久以后这位病贫人,果然不再像从前那样了。

叶天士,不独能医你一切的疾病,也能医你贫穷的,但现在病贫的人太多了,哪里讨这许多叶天士!又哪里讨这许多橄榄核?

编注:此文原载于1945年《中美周报》第135期。署名:冀野。

诗人节与屈原

昨天（五月五日），在四五年以前，重庆文艺界决议定这一天为诗人节。为什么定在这一天呢？据我想，为的纪念屈原！原来农历五月五日，所谓端午节，或重五节的，吃角粽，赛龙舟，本意就是追悼屈原的；现在不过将农历改为国历罢了。

中国最伟大的诗人，第一个，当然要数屈大夫。这不是因为《楚辞》为集部之首，《离骚》为楚辞第一篇的缘故。"国风"是民间的声音，"大小雅"是代表一个等级的，我们可以说有《离骚》，才有诗人。有屈原才表现出"诗人的性格"。楚大夫不独是中国第一伟大诗人，而且也是代表中华民族性的惟一的大诗人。

屈原的性格，据《离骚》中他的自述："纷吾既有此内美兮，又重之以修能。"可知他天才的赋予："已矣哉！国无人兮，莫知我兮，又何怀乎国都！既莫足与为美政兮！吾将从彭咸之所居！"前句见他的孤傲与愤悱，从前的人说起屈原来,便称道他"忠爱缠绵"。分析地应当说,他因怀抱着最高的理想,而遭遇到极不满的现实,在这种矛盾状态下,磨练出他的这种性格来,这种性格,正是中国民族诗人的性格。"他把一切自然界,把历史上一切以往的人物,都用他的最高的想象力,融洽于他的彷徨痛苦的情绪之中。"如郑振铎兄这样的说法,屈原的文学技巧是这样获得成功的。

今日,一般文学批评家,每爱以荷马、但丁来与屈原相提并论,这是我所不能同意的。Legge 译作 "Fallen Into Sorrow",A.Waley 的译本,林文庆的译本,各有长处。但所以不能传译出屈原的精神来的,正因为没有能表现中国民族的特色。屈原,我们中华民族的大诗人。

在他的笔下,不但写出个人的高洁,尤能表彰民族的俊秀与伟大。

我爱九歌中的"国殇"过于"离骚",屈原对于这些死于国难的无主的鬼,在"礼魂"之前郑重地唱出哀闾王叔师,"昔楚南郢之邑,沅湘之间,其俗信鬼而好祀。其祀必使巫觋作乐,歌舞以娱神。……屈原放逐,栖伏其域,怀忧苦闷,愁思怫郁,出见俗人祭祀之礼,歌舞之乐。其词鄙陋,因为作九歌之曲。" 这是作九歌时,屈原所受的感兴与影响。他高唱着:"操吴戈兮被犀甲,车错毂兮短兵接。旌蔽日兮敌若云，矢交坠兮士争先。……出不入兮往不反，平原忽兮路迢远。带长剑兮挟秦弓，首身离兮心不惩！……身既死兮神以灵，魂魄毅兮为鬼雄！"尤其在战时，当我们读到此处，真不觉严肃起来。不是屈原，哪能有这样正气的亢音。不是"国殇"，谁的作品能使顽敌惧泣，毕竟屈原伟大，中华民族伟大！定五月五日为诗人节是有意义的事。

在民国三十年的"诗人节"我曾写下两首诗，纪念我们的屈原，并崇敬中国文学的宝典——《楚辞》，现录此二诗为本文尾声：

剑弓往不反，斯世鬼雄多。
离骚争千古，伸眉到九歌，
孰能知屈子！或道隐山阿，
试向昆仑望，冲风起大波！

诗是人间事，所怀在故乡，
楚音原取兴，小雅久云亡，
忠爱何功罪，世见故夸伤，
护待十六卷，朗诵过端阳。

编注：此文原载于1946年5月6日《中央日报·泱泱》第103期。署名：冀。

忠实

陆稼书先生有一个最忠实的老仆。他的家住在嘉定城内，离开上海虽然很近，但在那交通不便的时代，不是绝早赶着上路，一天决不能来回。陆先生在头一晚告诉老仆说："明天你早点起身，我要你往上海去一趟。"老仆答应下来。

第二天，清晨，陆先生将要吩咐老仆的时候，一找，老仆已不知去向了！傍晚，他满头大汗地回到家里。禀告陆先生："主人，我已遵命到上海去过了。"陆先生问他："我叫你去上海为的什么事？""没有什么事，主人不曾说什么事。我一到了上海，马上就跑回来的。"他说。

弄得陆稼书哭笑不得，对于这老仆又是爱怜又是厌恶。

我说了这故事，大家以为我是在说笑话罢？不，这是可能有的事实。也许各人对这老仆的看法不同。有的说他蠢，也有的说他是忠实。的确，主人只叫他到上海，并没有给他别的命令；他已能切实地执行，真的到达了上海。

似乎算得"忠实"。然而讲他的智慧,我们无论如何不能说他聪明。试问叫你到上海,当然要做一分事;不为什么事又何必要你跑一趟上海!不知道事先问明主人,这已算是够蠢的了。

读者,你若是陆稼书,对于你这老仆作何感想呢?像这样的忠实,似乎还有一些"缺憾"。最好他能有如常人一般的聪明,而又这样的忠实。

不过,比起如他一样的蠢,而又不能如他一般忠实的仆人来,陆稼书先生已够我们羡慕的了。

编注:此文原载于1946年6月10日《中央日报·泱泱》第135期。
署名:冀。

雨

我从小便爱雨天。霏霏的细雨与倾盆大雨觉得一样的可爱；连绵的春雨，狂暴的夏雨，沈郁的秋雨，和掺杂着雪花飞的冬雨；虽然各有各的姿态，各有各的情调，各有各的趣味，也觉得一样的可爱。这，并不是高标什么逸致与雅韵，因为天有晴就应当有雨，雨天对于晴天是种调节。

为什么觉得雨可爱呢？让我给它造一个名词叫"雨德"。因为雨有"雨德"。什么是"雨德"呢？第一，雨能洗去一切灰尘与污秽，只要有空隙，雨点都能洒落下来；它无私地普遍地给人间一种清凉味。第二，雨能破除一切有情和愁闷，雨本身就是一部伟大的音乐，能代人类或其他生物将心的深处而不能诉出的烦怨，尽情地倾诉出来。当大雨滂沱的时候，天上的云翳都开朗了，所有愁闷都可以在雨中消逝了。第三，雨能引给人类以崭新的生命！不独是滋润农作物，以解决民食，一切生物在雨后都有爽朗的感觉，我们在雨后都好像精神特别的振奋。有人说，雨后的道路特别泥泞不好走。不错,泥路固然稀烂,但空气是多么新鲜,雨后的树多么蓊翠,雨后的山多么苍碧,雨后的流水多么活泼,行路的人还是喜悦的。

无论在雨中,在雨后,都比起雨前那种"抗尘""愁闷""抑郁"的心情好得多了。所以我爱雨,我最爱雨天。我为雨天写过不少诗,我在雨天做过许多好梦,我对雨天添了更多生趣与希冀。

史书上的记载,例如谢安石的"霖雨苍生",李药师的"化龙行雨";读到雨这个字我们立即感觉雨的恩惠。现在,正在灰尘多,到处污秽,我们又谁不在愁闷抑郁中生活?我们只希望着雨天的到来。我们天天望雨,一样地想望能行雨的人!

编注:此文原载于1946年6月16日《中央日报·泱泱》第141期。署名:冀。

女诗人

看到心杏老人的诗,使我想起中国现代几位女诗家。

老人是重伯先生(广钧)的胞妹,在湘乡曾氏论起诗来,无论如何"环天室"应数第一。老人的夫家山阴俞氏,也是一个诗的家庭。《觚庵集》的作者恪士先生(明震)是老人的夫兄;寿臣三先生(明颐)诗虽不多作,亦是能手;老人是三老太太,本刊前期所发表的是近作,早年有不少名句,我们希望读到她的全集。

老人之小姑,为诗伯陈散原夫人,亦以诗著。清新绵邈,和散原翁的生涩味道,绝不相同。可惜没有诗集,散原翁又不像陈石遗先生那样标榜他的妻子,石遗的萧夫人,据石遗所称,不独是诗人,而且是经师,她是有诗集行世的。现今还健在的,要算南通范伯子先生(当世)的姚夫人了。姚夫人是桐城姚慕庭先生女,仲实叔节二先生之姊,伯子的诗文集都经姚夫人编次,而且姚夫人亲自作跋,古文亦有家法,想来年已在八十以上,可谓"鲁灵光殿"。余杭章太炎先生为国学大师，并不以文学著名；而章氏的汤夫人不独能诗亦能词，主持太炎文学院，不知近年还有新作否？

在湖南，与心杏老人同辈的，还有一位易瑜，她是易佩绅之女，实甫由甫先生之妹，惊采绝艳，也是学中晚唐诗的一路，在晚清就很有名的了，真不愧哭庵女弟。我的朋友易君左是她的内侄兼女婿，十几年前我在他处曾见其集。

现存的女诗人，张默君先生不能不说是一个名家，她的《白华草堂》和《玉尺楼诗钞》，我曾翻阅一遍，她的五古颇有功力；她的父亲伯纯先生（通典）是一位老名士，母亲何夫人也是一位诗人。的确，湘多文士，亦多才女，如年辈稍晚的宁乡三陈，陈家英、家庆姊妹及其侄女韵篁，皆铮铮有名。秀元（家庆）的碧乡阁集中，不少佳作。

在安徽，旌德的三吕，大姊吕惠如（前江苏第一女师校长）能画能词；二姊美荪署名"齐州女布衣"的，她的诗卓然成家，在当代诗坛应占一席；尤其这三小姐碧城，她近半生消磨于海外，诗风与美荪迥不相同，美荪属于王孟一派，碧城近于温李；碧城的词尤过于诗，她有《吕碧城集》在中华书局出版，她的一生就像一首诗，无怪她的诗那么美！

新文学家中苏雪林女士对于旧作有相当的素养,东亚病夫曾赠她的诗,有云:"若向诗坛论王霸,一生低首女青莲。"不过这位女青莲自欧洲回来写的诗很少。此外谢冰心女士也是读过不少旧体诗词的人。她虽不多发表,我知道她也曾写作过。

我此处所说的,真是挂一漏万。不过,现代文学青年,只知道几位写小说,写戏剧,写杂文的女作家,上面我所提到的,恐怕有很多人还不知道罢。若要连随便学几句袁随园腔调的都算是诗人的话,那至少可以举出几百个女诗人来。我所提到的都是不平凡,相当有成就的人。说来真奇怪,中国的确是一个诗的国家,无性别,无阶级,无职位(文,武),无老幼,都爱读诗,都爱写诗的。

编注:此文原载于1946年6月20日《中央日报·妇女周刊》。署名:冀野。

才

自古有才难之叹,才之难难在养。小有才的,未始不可养成槃槃人才。无论是长才,清才,一半天赋一半靠养。养有两种:一是自己的修养,一是他人的奖掖。这里所说的奖掖,并不是容易的事,第一,要有知人之明,所谓识才;第二,要有用人之术,用之得当,即可养才。用之不当,才成不才。

人才荟萃的去处,最鄙弃的是奴才,奴才相结成群的去处,决不容许人才能置身其间。是人才即不愿居于奴才之列,是奴才必阻止人才的进用。小人道长,君子道消;人才的毁弃,往往是在小人用事的时候。

有真知灼见的人,他最爱惜人才,他知道全才是不会有的。是才必有所偏;一个干才,可以托付一部分事业;一个长才,才可以兴其大计;见清才使之运筹帷幄;才各有用,是真才定不忌才。只有庸才,他才忌刻人才。见到稍有才情,或饶有才气的人,他忌刻最甚。他自己是奴才，他愿天下人皆做奴才，最好都是奴才的奴才。于是人才日少，以至于没有人才。

难道说人才便因此没有了吗？不会的，是人才，不用于此时此地，仍当用于异时异地的。今日非无人才，人才得用与否，是看有无用人才的人。只要起用几位能用人才，不用奴才的人，那就不怕人才毁弃的了。

编注：此文原载于1946年6月26日《中央日报·决决》第151期。署名：冀。

为迁可园老人墓致吴伯超院长书

伯超我兄院长道右：前日匆匆过我，未能畅申所欲言。惟知国立音乐院已勘定古林寺为院址，并新建院舍，闻之至慰。古林寺为西城胜处，于此办音乐教育，至为适当；且弟尝言有宋一代文化大都接受南唐遗产，此西城一带在南唐时为极繁盛之区域，聚微亭后主避暑宫即在附近，南唐以文学音乐艺术著，借此富有历史意义之场所，南京固有之文化区域，从容经营音乐院，则前途之昌隆可以预卜。顾深悔当时未能为兄一言，其地尚有一大经师可园老人之墓在焉。可园陈氏，讳作霖，字伯雨，一字雨生，不独为金陵一大师，亦晚近不可多得之人师，一代人伦之表，生平曾宣传国史馆立传。至今稍涉猎南京文献者，当无不知有《金陵通纪》《金陵通传》《金陵五种》《炳烛里谈》诸书。老人寿八十余，弟幼时亦曾及亲炙。民国初年论东南耆硕，老人当为魁率。此墓之应保存，非陈氏之事，亦非仅吾南京人之事，是全国学术界之事也。此墓之得保存，不独不妨碍音乐院,且为音乐院之光荣,布置为风景区,为校景生色,不让清华园之有梁任公王静安两先生墓专美于前也。顷见报载贵院迁墓通告,第二令迁之墓即为可园老人,弟大为惊诧;值市临参会有会,弟请市政府转函致贵院。此事关系南京文献匪浅!虽以弟与兄交谊之笃,亦不欲以私谊相干,因保存陈墓事属保存文献,不可不使天下之人共知共见,尚祈吾兄书询各方,详细考察。使老人之墓得保存于西城,保存于贵院。他日观光贵院者,得一展拜此大儒之墓阙,甚盛事也。弟卢前上言。

编注:此信原载于1946年9月15日《中央日报》第9版,题为《为古林寺迁可园老人墓事致吴伯超院长的一封公开信》。署名:卢前。

为太虚回向

释太虚在三月十七日下午一时十三分,在上海玉佛寺示寂了。从报纸上见到这个消息,不禁为之动容。

民国以来,在佛教中有一个诗僧寄禅,一个才僧曼殊,一个艺僧弘一,这几位的法号都是社会最熟悉的。说到修持,弘一似乎比寄禅高一点;而曼殊的风流倜傥,似乎介于僧俗之间,不能将他看作一个和尚。讲长老大德,大家又想到印光,的确,印光老和尚不是一般的人物。

太虚是一位异军特起的僧人。因为他关心"世间法",尤其对政治颇感兴趣。社会上有一部分人士对他颇误解,甚至认为他是姚广孝一流。今天,他已圆寂了,如果"封龛论定"的话,我以为太虚毕竟是禅门的豪杰,他要建立新佛教,要使世人对佛教改变观念。出家不是离开人世,出了家,他还要生活,还要在人群中生活,僧人不是社会的寄生虫,僧人也应当生产,应当和俗人一样的生活。他争"政权",而放弃"治权"。因此他要争"国民代表"。

僧人难道就不是中国的国民吗?

在佛教中,他这种革命的言论实在惊人;然而自有他,中国才有新佛教。新佛教似乎到现在还没有建立完成。不知道谁是他的继承者,谁在步他的后尘?我愿意有一个真能传他衣钵的人。

编注:此文曾刊于1947年3月24日《中央日报·泱泱》第370期,署名:冀;又刊于1947年4月2日《中央日报·文汇》第88期,署名:冀野。

山西在中国戏曲史上的地位

王静安先生将元剧分为三个时期,第一是蒙古时代,那许多剧作家颇多是大都人(大都是今日北平)。第二是一统时代,所举七人,其中就有两个山西人,一是太原乔吉,一是襄陵郑光祖。第三是至正时代,南方人一天天地多了起来。

平阳在元代也是出剧作家的,如石君宝、于伯渊、赵公辅、狄君厚、孔文朋、李行甫。所谓元四大家,一作"关马郑白",一作"关马宫乔",山西人都有份儿的。

现在我们所发现的这一张大德三年所作壁画,画的是"大行散乐忠都秀在此作场",这是中国最早的一个"舞台面",元代杂剧"演出"惟一的"样本"。而这壁画的所在地是山西赵城广胜寺。

因为山西是戏曲史上一个重要据点,所以这张最可宝贵的壁画是山西保存的。元代演剧者名字都有"秀"字,如顺时秀、御园秀、朱帘秀皆是;现在我们又知道一个忠都秀。

有人说,戏装是明代的服制,根据这张图知道"此语不确"。决不会元人预先便穿了明服的。可是在画中那两顶帽子,这的确是元代的时装。

台后的幕,幕后还有一个孩子在偷看。台上的角色,末、旦、净俱全;我们要考元剧中的"穿插",考"砌末",这一张画比任何文字记载还要有力!

山西现在还有地方剧么?我愿老西朋友告诉我们。

编注:此文原载于1947年5月4日《中央日报·泱泱》。署名:冀。

痛定思痛！

我们南京人谁能忘记了十年前的今日，当松井石根率领顽寇攻入南京城的时候，武定门一带的火光，挹江门遍地的尸身，下关沿江覆没的壮士们，还有拒奸被打的女同胞又是多少？可惨的黑暗侵袭了全城，暗无天日的，自从那一天起，南京变成了非人的世界！我们市民的血，涂满了大地，流满了长江，那种血腥气到今天仍然可以闻到。

笔者曾搜集到许多当时日寇暴行的实录，例如《南京文献》第一号中所刊载陶秀夫先生的《闻见记》描写那时日寇的行动，真是失去理性，连禽兽都不如。那一条街，那一条巷，那一家，那个人，几乎全被这铁蹄所蹂躏。说到殉国的忠烈，尤其是这么多无名市民的毅魄，书不胜书，记不胜记，现在市参议会定今天这十二月十三日为南京市忠烈纪念日。我们在胜利后两年的今天，在纪念忠烈的今天，我们痛定思痛，我们南京市民应重新自省一番！

胜利是早已获得了，战犯案才办了几件？在南京施暴行的主犯们办了罪没有?胜利后的南京,比战前的南京何如?可怜南京市的孑遗们他们现在过的是什么样的日子?我们经过了这样惨痛的教训,我们有了什么样的觉悟、进步?我们对得起忠烈们吗?我们对于忠烈的表彰又是如何呢?巍然立于中华门外的"表忠碑",表的是日本的忠,还是表我们的烈士的忠心呢?我们不能复建南京,不能使孑遗们有了生活,我想,忠烈们的目定是不能瞑的!胜利日是两年了,正式还都已一年多了,我们的南京市民忙的是些什么?我们在今天是有重新自我检讨的必要!

十年前的事是过去了,可是"殷鉴不远","前车可鉴";我们不再振奋,不再努力,如何能使这"复活的南京"会长命百岁呢?痛定思痛的时候,我们应当怀战战兢兢、如履薄冰的心情,这还不是欢乐的时候哩!我们为着不使先烈们的血白流,性命白丧,我们要同心合力地重建一个新南京!

编注:此文原载于1947年12月13日《中央日报》第5版。署名:卢前。

书空军四烈士

空军四烈士者,曰:陈怀民、张效贤、杨慎贤、孙金鉴。陈怀民,江苏丹徒人,子祥先生次子。年十七,走笕桥应试中央航空学校,录为第五期驱逐科学生,二十五年毕业,编为空军第四大队队员。军兴以来,与倭空军木更津队先后百数十战,无不捷,虽一再受创于高旺商丘,亦不少馁,而木更津队歼以尽焉。今年四月二十九日,倭复举佐世保队犯我武汉,怀民起御所乘,以一当十,倭有高桥宪一者,最骁勇,怀民出其不意与相搏击,两机并落,同尽矣!其地则青山之原,世谥之曰肉弹,与怀民同毕业于航空学校第五期者,有张效贤,安徽合肥三河镇人。幼失怙恃,寄于其戚门致中家,致中抚育之成人。在笕桥时,与怀民友善,既出任航空大队分队长,益以忠诚为长官爱重,五月三十一日与倭空军战方酣,机有损,效贤力护之,不欲以伞自降落,卒不支而坠凤凰山中,身与机焚,同辈伤之,年长于怀民三岁,才二十有六。其以特技著称者,则广东梅县杨慎贤，亦分队长，先怀民效贤一期毕航空学校业。四月初，破敌津浦线上，既归驻马店机场，将下，见场上扬旗示禁止，疑有变故，亟转机去，机坏堕地，死。慎贤夙善战，竟未死于战，惜哉！后慎贤二期，怀民效贤一期毕业航空学校者，曰孙金鉴，为山东人，在第六期同学中成绩列第三。四月十日，自津浦线战归，次商丘，遇倭机，怀民无伤，而金鉴从伞下，中七弹以殒，金鉴美丰姿如怀民，喜音乐，年二十四，小于慎贤者三岁。卢前曰：前在汉口，子祥先生具怀民状来乞志墓之文，曰怀民死，吾安得而不悲，然所悲不在其死，在未能为祖国争最后胜利，而惜其死之早耳，时我空军有东征之役，恨怀民之不及与也，自是先生与前相往还，一日，又为言张杨孙三君死事，有并葬青山议，前既为怀民碑铭，复合书四烈士，俾他日修史者采焉。

编注：此文录自《冀野选集》，据《飞将军掀天揭地鬼神惊——抗战中的防空战武汉空战》一文，武汉名流陈经1938年6月后，表彰烈士之忠勇，曾请卢前撰写烈士殉国纪念碑文，立于武昌青山矶碑墓前。

腾冲战役纪念碑

我既挫敌滇缅之交,威震于当世。抗倭八年,于焉成胜利之局。其时,长沙黄达云将军总第十一集团军,领第六军、第二军、第五军、第五十二军、第七十一军,及第三十六师、第八十二师、第二百师、荣誉第一师、炮兵第十团,取龙陵,趋遮放芒市,以略畹町。裹粮万里,攀悬崖,涉洪波,犯瘴烟霪雨,周旋于猛炽炮石之中,卒获大捷。功过于台儿庄湘北诸役矣。呜呼,微我将士效死用命曷克臻此耶。及今雪山盘亘,怒江奔流间,削垒平堑,划峰裂石,莫非当日苦战之绩。后之过是者,睹山川之险,当益想慕前勋不自己也。顾达云将军退而语曰:杰谨循主帅方略,承荫回宋总司令之绪,效驰躯,赖参谋长成应时,军长某某,师长某某,暨诸将士精诚无间,面勇蹈厉以致之尔,胜利之三年,始建碑于腾冲,卢前乃敬为辞曰:

面貔貅而始克。濡血以书战史。近退于龙芒遮畹。

湔百年之大耻,傍澜沧其永息。世宁能忘乎多士。

编注:此文原载于1948年2月19日《中央日报·泱泱》第546期。
署名:卢前。

维族在中国文学史上的贡献
——民国三五年六月二九日在迪化记者公会致词

本人此次跟随于院长西来,私下有一志愿,就是向维族的文化界请教。今天承同业的欢迎,趁此机会说一说我的意见。

我在中央大学担任"中国文学史"一课唐以后文学部分,我觉得以往讲文学史的人,实际讲的是汉人文学史,或者可以说是汉文的文学史,偏重汉族,这是一大缺点。我们拿唐代来说罢,我们的音乐,哪一些乐器不是从西域送进口内的?隋代的"清商署"这个古代的中央音乐院有十部乐,西域乐就占了九部,高昌(现在哈密一带)疏勒(南疆)却占极重要的地位。不是西域的乐器输入,也不会有新的诗体(七言四句的叫作绝句)的产生,而且此体与波斯四行诗极相似。这是第一点。再说五代和宋,西夏契丹和女真一样的有文学,中原的学者只看他们的汉文作品,而不去研究西夏文、契丹文和女真文,这是不正确的研究方法,我曾教学生要研究中国各民族的文字,才能说这是研究中国全部的文学。这是第二点。本人谬承国内外文学界认为对于元代曲学研究上稍有贡献的。元代的曲，是我们全中国各民族的文学。如蒙古的伯颜元帅，还有梦简、阿里西瑛等人，尤其是我们维族的小云石海涯（即贯云石）和马九皋（又作司马昂夫）是元曲中两大家。他们不独是诗人，而且是书家。元曲中从宗教去分析，包括道教、佛教、伊斯兰教以及后来的天主教，从民族讲，又是无所不包，里面包括了女真语、蒙古语，可惜因为我不了解维族语文，不然还可以发现元曲中可用的维语。陶九成有一部《辍耕录》谈曲调的来源，曾提到回曲，曲调里面一定很多西域的音乐，这回我来看新疆歌舞想可有新的发现。这又是一点。

究竟贯云石、马九皋他们两位大家给予元曲和中国文学史是什么影响呢？（一）在他们的笔下给文学一种新的生命，不独是新材料新词名，而且是一些旧时文学作品中所没有的新气息、新的血液。（二）因为他们写这种形式，使曲体成为全民族的文学形式。（三）因为各民族的文化有了这一种交流，然后才能创造出新的文化来。像他们这两位大家便是在中国文学史开新页的人，新鲜、综合、交流、创造。我们从我们文学中知道我们的国族，是和平的，广博的，伟大的。

这一次抗日胜利,中国是四强之一。这个时代中国一定要产生新文学,要各民族共同努力,我希望在文学史上再来一次、综合、交流、创造的时期。请大家不吝指教。

原编者按:因为这一篇演讲,维吾尔的文学青年,在三天之后热烈地举行一次特别欢迎卢先生的座谈会。卢氏的"西行词纪"已用维文翻译,与此讲词一样刊载在《新疆日报》的维文版中。汉文原作将寄京发表。

编注:此文曾刊于1946年6月30日《新疆日报》第3版,又刊于1946年8月17日《中央日报·决浃》第195期。署名:卢前。

从鸠摩罗什、贯云石说起
——八月七日在"天池"作者联谊会讲

这一次，我往南疆去旅行。在喀什噶尔谒香妃的墓寺，使我冥想到二百年前这一段旖旎而又英武的光景，我曾写下一套曲子。喀什，这一个维吾尔的故都，虽然现在也在风沙之中，但七百年以前也是一种文化泉源的所在，我不由想到了贯云石。关于贯氏的生平，我去年在重庆《时事新报·学灯》上曾发表过一篇"贯云石专辑"，现在据我的记忆，大略可以叙述一番。他是将家子，他的父祖是大蒙古帝国的勋臣，《元史》有传的。在他的幼年，他能跨越飞行着的马，神武有力；但他不愿承袭余荫，他弃了所应得的爵位，跑到杭州西湖边上去做一个散人。朱权《正音谱》批评他的作风是"天马脱羁"，他的确是中国诗坛上一条天马。他见到一个渔父，披着芦花做的蓑衣，他爱上了这芦花，渔父要他做一首长诗，才能和他交换，他信手就完成了一大篇，抢了芦花就走了，他很高兴地起了一个绰号，叫做"芦花道人"。他虽然自己是一个有豪气的人，但他最爱酸秀才那种酸气,所以他又自称"酸斋"。他曾娶了两个女子,一叫琪花,一叫瑶草。他的北词中有"琪花瑶草结良缘,被我瞒他四十年"的话。还有在西泠泉上有一段传说,说大家正在联句,不得完成,见一老叟走来,替他们完了篇,后来知道这老叟就是贯氏;这是明人的记载,不大靠得住。贯氏只活了四十岁左右,不会成老叟的。他死后还有在乩坛上出现的记载。因为他是一个有生气,有活力,爱闹着玩的人,所以关于他的传说就很多。他以这有力地习写过不少诗词和曲,同时成为一大书家。除他的《酸斋乐府》已有辑本,其他的诗词,我打算从各组集、选集辑成一本《贯云石集》,也算是维吾尔文学中的巨著。

我由喀什到库车,库车是古龟兹国地。我们曾到下马拉巴克村去看千佛洞,又看唐代的堡垒。在乌恰这地方还有石城,有唐代的点将台;红柳里克村有明译古坟。我们凭吊这些废墟的时候,不由我想起一千年前一位伟大的文学家,也可以说是我们中国译坛的祖师鸠摩罗什来了!龟兹是什师的母国,他跟随着母亲在这儿度过他的童年,他也是属于现在新疆省范围的一个了不起的巨人。他后来到印度留学。苻秦时代为着他派吕光率领三军前来迎接,在兵连祸结中间,等他到了中原,已是姚秦天下了。我们现在知道,他的笔下除了选择梵语,也用了不少当时的西域语，他对于汉文有那么精湛的成就；他为中国文学史展开了新页，在翻译文学上更有示范作用，无论翻译的程序或方法，皆开玄奘之先河，伟大的什师，不独是西域的人杰，也是我们全中国历史上的光荣人物。他知道这艰巨的工作不易讨好，他说："有如嚼饭与人，已失其味。"但他的译品本身就是佳制。我在库车找不出他的遗迹，当我离开库车的时候，忽然动了一念，不如将县府后面我们吃饭的那个亭子叫做"鸠摩罗什纪念亭"，这意见忘记对丁立南县长提及，至今颇为怅怅！

像鸠摩罗什这样的大译师，我们现在有其人吗？像贯云石这样豪情奔放的词人，我们现在又有几个呢？好了，就从鸠摩罗什和贯云石两位说起，我们对于我们新疆文学青年们，对于我们中国文坛的前途，我正恳挚地在愿望、祝福之中。

在这八年战争的大时代中，中国文坛并没有伟大的作品足以反映或表现这个伟大的时代。现在建国开始，我曾提出"建文运动"这个口号来。我们要想建设我们这一代的文学，第一，我们学习鸠摩罗什，我们要大量地、有计划地翻译世界文学名著到中国文学的园地中来。我们要扫除文坛上固有烟霾沉阴的气象，要有一种开明、活泼的态度，广博新鲜的趣味，我们也得向贯云石这种作家学习。

新疆在我们中国是有希望的一个省份，因为有不同的宗族，正如元代一样，维吾尔、蒙人及汉族打成一片，产生一种新的文体，新的作风。这次在喀什，相约而没有能见到我们的青年诗人阿黑麦特齐亚君，我颇怅惘。但是，在迪化晤见伊不拉引穆提义君，又颇使我高兴。我很惭愧，我没有什么好的意见可以告诉大家，承诸位的邀约，我只能作这样简单的演讲。我希望这一回到新疆是我的第一次，以后能有第二次、第三次。那时一定见到诸位笔耕的成就，一次次地收获丰富起来。

在五四运动前后，像《学灯》《觉悟》，这些副刊曾有过辉煌的成绩，他们有"但开风气不为师"的态度。我愿我们这"天池"的水不独灌溉新疆全省，并且能灌到口内去，在整个中国文坛上贡献他的水力！

编注：此文先刊于1946年8月8日《新疆日报》第3版，署名：卢前；后又刊于1946年8月26日《中央日报·决决》第302期。署名：冀。

理想中的副刊

距今已是二十五六年前的事了,在现在太平路(当时叫做花牌楼),有一家《江苏日报》,那时也算得南京销路最好的报纸;我曾经编过副刊,名称是《春晓》。记不起那报纸办的多少时候,(旧人记得有李三元、马元放等,也许他们还记得)。我纯系票友性质编着好玩。自从民国三十五年一月,南京《中央日报》约我编《泱泱》副刊,我才算是下海的新闻记者,编到现在已是六百二十五六期;说我没有经验,多少也有些经验,我虽然不满意我的成绩,但我对于编副刊多少有点心得,不说心得,索性说是意见也好;不敢讲如何编辑副刊才好,却要讲一讲我理想中的副刊有甚样的面目?

副刊不同杂志正如杂志不同副刊

既然我们叫做副刊,当然算是报纸的一部分,国内要闻、国际要闻、地方新闻、文化教育及其他消息,即占了"正版",副刊虽有它指定的"自我圈地",第一要能与"正版"配合。通常的情形,副刊老早编好了,甚至提前一天就排好,不等消息,不管新闻,便去编副刊,于是副刊宣布独立,几乎与同一报纸,其他版面失去联系,这是一大错误。杂志本身就是杂志,它虽然也要注意当时的背景,决不像副刊和报纸那样密切。杂志的文字,长短可以自如,而副刊文字的长短却有限制;有时副刊的来稿长得几乎像一本书,或者为着讨论一专题,弄到长篇累牍,全不像为副刊写的;这反而近于杂志用的。除了与新闻联系,篇幅长短合适也是编副刊者最要注意的一点。其次,副刊文字必须趣味化。现在举个例来说:今天国内新周刊出朱自清教授的噩耗。最好同时副刊上就来介绍朱先生的生平,但不可发表一篇长到几万字或几十万的"传"。也不能只有一二个题目就占满了篇幅。最好有的说朱先生的童年,有的说朱先生的癖嗜,附上一点遗墨,再写几篇琐屑的遗事,同时有一篇小品说绍兴,或一篇说扬州的配合起来。如果能得到熟悉朱先生的生活的人,介绍朱先生一两位朋友或亲戚,从这一两人能映照出朱先生的性格与风度,这也足以帮助了解朱先生的。有的文章一二千字长,有的一二百字也好,参差错落的,比做大文章来得好;因为那些大文章自可在杂志上出现,就是为朱先生出一专号也好,而副刊最多只能出一专页。写文章的人要认明杂志与副刊的区别,编者要认清副刊与杂志的差异。于是自有好副刊可读。

能否供应读者的需要也要看编者有几套本领

副刊的对象自然是读者,读报纸的人不必人人读副刊,而读副刊的人,有老有少,有爱旧的,有爱新的,有的爱听评画论书的话,有的爱看寓有刺激性的小品,有的爱听掌故,有的爱看海外逸闻,各有各的嗜好,各有各的口味;编者稍有不慎,可以弄得一无是处。好比一桌酒席,咸的甜的,炒的煨的,有肉类,总得有菜蔬;有山珍海味,还要有什锦小菜。这里要讲究调节,讲究配合,靠一套本领是不够的。越是综合性的副刊,编者的本领需要越多。至少编者对于任何方面要有鉴赏评定的能力。自己连平仄都不清楚,还刊旧诗自然会出笑话,自己对于书画金石完全是门外汉,最好不要登书画或刻印,编者并不是三头六臂,不能件件皆通,这是可以原谅的;然而最低水准的修养,也得具备。因编者的偏长,或因稿源有偏,每一副刊很容易形成一形态,也可以说每一副刊有它的个性。副刊既有特殊风格,读者易于选择,写稿人也易于集中,这一种流弊会弄成"同人性",少数读者就是那几个作者,自作自编,自成一群;抛弃了读者大众,这副刊可谓失去了副刊的作用。我们也不主张完全迎合大众,但也得引起大众的兴趣,使大众可以接受,做到乐于接受;稍有吸引诱掖的力量,以扩充读者的数量,这副刊也是大众的副刊,不是同人的副刊。这里要补充说两句:副刊除了文字,就是漫画、摄影、插图,最好也能完备,副刊的编排的版面似乎比其他版,更重要一些。前面谈到长篇来稿,假使有材可取,编者不妨剪裁,剪裁也是编副刊者看家的本领之一。我们虽不曾作过正确统计,将读者最爱读的品类调查过,看来掌故性的文字,欢迎的人不算少,尽管翻来覆去有些佚闻趣事经多人说过,而编者的高手有时经过一番编裁,能收"化腐朽为神奇"之妙,剪裁是一极微妙的技术,使用不好反而可厌。一个博雅的编者自知其中奥妙的。

且莫论旧酒新瓶要注意深入浅出

副刊当然偏重文艺性,因为谈到文艺,就发生了新旧的隔阂,这不独在中国,像英国也有此种区别,尤其是诗,新人攻击旧体,旧人说新诗根本不是诗;平心而论,只要好,新旧是没有什么不同的,至少在编者眼里应当如此看。我以编辑三年《泱泱》的经验来说,接到多少不成语句的旧体诗,那又何尝算是诗呢?然而投诗者还说我们不登外稿,有门户之见。其实他自己不想一想:这等诗算得什么诗！但好的诗不是没有，要编者去汲沙淘金。不过，适宜于副刊的好诗，与通常欣赏的标准有些差异，适宜于副刊的，要能使读者看得懂。编在诗集里的诗和编在副刊的诗标准固然不同，同时也应当注意时间性。假使副刊为挽住读者经常阅读计，用连载是不妨的，不过连载最好限于一种，旧式的章回小说也好，新的长篇小说也好，中篇也好，多幕剧也好，独幕剧也好，登刊过久，总免使读者生厌；又每天的篇幅能作一小结束，或用一点小小手法，作一波澜，引起读者注意明天的一段才好。如此说来，为着报纸副刊打算，就要影响小说戏剧本身，为着小说戏剧本身打算又会失去副刊的意味，鱼与熊掌，不可得兼，于此，我们知道一个好的期刊，不是随便填刊一些作品就算了事的，也不是一切作品都适宜于副刊。

　　副刊读者既如是广泛，在知识上的差异也很大；编者必要注意文字雅俗共赏，要能雅俗共赏必要深入浅出，所谓要深入，意思多几层，材料选得精；而浅出是使读者容易懂，一般的觉得有兴趣，高明一点的读者不独感兴趣，而且觉得有意味。顾虑读者的癖嗜固详，又无形中画一选材的水准，图画照片与文字又要有相当的联系。读了一二版的要闻，看一看副刊，从副刊得了不少充满新闻的资料，回头还要复阅新闻版，这样的副刊，才算是副刊，不独是报纸的一版，而且是全报重要的一版。这理想似乎并不太高，可能办到的。

副刊领导过时代
时代又逼着副刊在变

中国有了现代化的报纸，就有副刊，第一期的副刊只算得"附刊"，弄一些捧戏子的香艳诗词，得娼妓做起居生活的笔记，以黑幕号召的章回小说之类，供读者作"消遣品"，这是下流的一例。高明的一点的就是宣传品，选一点悲歌慷慨的诗文，有的还选择几篇大中学的"国文成绩"。以上海而论，《新闻报》的"快活林"，《申报》的"自由谈"都有悠久的历史，曾接近过早期的风气。第二期的副刊，在五四运动发生之后，北京的《晨报副刊》，上海《时事新报》的《学灯》，《民国日报》的《觉悟》，都曾领导过革新的风气，白话文的提倡，社会问题的讨论，一时极其热闹，对于新文艺不能说无贡献；然而这种副刊只是开杂志的先河，并不能算报纸的副刊，比起"附刊"来诚然有霄壤之别。自此以后，杂志便如雨后春笋，杂志出得越多，副刊也就黯然无色了。报纸间或有出专刊的，专刊与第二期副刊性质略同。专类的研究与讨论，终究限于一部分的读者，不能顾及大众。近年的风气，有些报纸出两种副刊，一种给年轻人读的，一种给中年以上人读的；换句话说，一种新一点，一种旧一点，这只是过渡办法，不能算理想的副刊，副刊应当混合编制，不能分别；不应当像儿童与妇女分开，中国新闻事业现在一天天地在进步，报纸本身一天天在进步，这正是建立第三期副刊的时期。第三期的副刊应当是正式的副刊，为报纸的真正副刊，副刊的形态，与编辑的方法似乎也不得不变了。这虽然有关技术，但也是改换副刊性质的事，并且要与整个报纸取得协调！

编注：此文原载于《报学杂志》1948年第5期。署名：卢冀野。

朴素的村姑
——过去南京的怀念

你要知道二十年以前南京的情形么？听我告诉你：那时的南京好比是一个粗头乱服的村姑，自有她一种朴素的美；可以概括地说：南京虽是一座都城，然而极富有野趣。到了这春秋佳日，游观之所并不比现在少。远的如栖霞牛首且不说，只说城区与附郭的湖山。在内桥以北，本上元县属；内桥以南，就是江宁县属。入民国以后上元已取消，全城的中心移在鼓楼。由鼓楼到下关，下八是八里，由鼓楼到聚宝门（就是现在的中华门）上七是七里，这七八一十五里是由南到北的道路。在北路的风物，鼓楼现在已改了样子，北极阁老早拆掉了，一面白粉墙，一座方形的塔，留在记忆中的还是那么好看。土庙虽然已渐渐摧颓，但还可以寻觅踪迹。后湖，一个苍苍莽莽的后湖，现在已修饰得很整齐。当日在丰润门外的那一个后湖仿佛已不复见了。小火车从中正街经过南洋劝业场（现在三牌楼小门口一带）有多少竹林；在挹江门没有开辟以前，那古老的仪凤门是入城必经的门户。西边如汉西门内龙蟠里，有盋山、清凉山，上面还有南唐后主避暑宫翠微亭遗址。就是那靠近诸葛武侯驻马坡的乌龙潭，一如圆镜，水中央一个肥月亭的确令游人有"何必西湖"之感。那幽静的扫叶楼，龚半千遁隐之地，闲来品茗，比起杭州的虎跑来未尝少让。水西门外的莫愁湖、华严庵、胜棋楼、曾公阁；环湖的杨柳，水上浮几个白鹅，在夕阳当中还系着游艇，那种风光与后湖各擅其胜。东边便要说到钟山半山寺谢公墩，那时游人还不少；尤其在往皇城道中看一看古物保存所。在大中桥下半边街的那座第一公园，虽无丘壑，也还可以供人游览。至于南城，城内的娄湖头赤石矶，上面有周处祠。东花园还有一个白鹭洲。城外当然首数地雨花台，经过长干桥，凭吊三圣祠，由梅祠谒方正学祠、永宁寺、第二泉、高座寺、梅颐祠，完全不是后来的光景。门西鸣羊街的愚园曾擅一时之名，现已成废圃了。

那时南京的街道，有的是石板路，有的是石子路，虽然只有一个小小的"马路工程处"，但是路政并不见得比目前差。最令我失望的有多少好的街名，被后来无知的俗吏随便更改了。就以现在中华路来说，内桥是南唐大工内所在；三山街在明初多么著名；大功坊为纪念明代开国功臣而设，极富有民族意义，现在不幸统被改掉了！用南京所有的旧名称来做路名，真是无意义的事！那时桥上的房子没有拆,每一座桥都有一种著名食品:例如内桥金钰兴的鸡丝面,南门里桥的蒋顺兴炸紫盖肉,外桥马祥兴的美人肝,新桥三泉楼烧饼之类,"逢桥必带食",现在因为拆屋,使这些食品都已减色了。

南京市在经济所遭遇最大的打击,便是缎业的失败;因为东四省的失陷,缎子的销场丧失,于是南京的机户靠缎业吃饭的,一时都成了饥民了。在二十年前,南京的士大夫们,头戴缎制小帽,身穿缎制马褂,摹本长袍,早穿缎鞋。"一个南京人,全身都是缎。"现在早已找不到一点缎屑了。最后,我还要提一提夫子庙,朋友,想来这夫子庙的大名,你是知道的。你现在假若要去专访夫子庙,那你一定失望!夫子庙就是一个缩型的南京,这里就是显明的沧桑!贡院一点遗留的痕迹已没有,泮宫也成了断壁颓垣。八九年沦陷期间的恶相,至今在那里保存着。我看了伤心,憎恶,也痛恨!

朋友,这村姑朴素的美已丧失了,又还没有作成时代的妆束。东边一个疤,西边一块脂粉,不知道你看得顺眼不顺眼。唉!二十年就这样地过去了呀!

编注:此文原载于1947年4月18日《中央日报》第4版"南京的今昔"栏目。署名:卢冀野。

南京对世界文化的贡献

原编者按：本文作者，现任南京市通志馆馆长、中央大学教授、中央日报编辑。著作等身，对于南京文物，研究不遗余力，本文所述，颇具卓见，特此介绍。

在几个月以前，为着讨论宪法中要指定国都所在地，一时有许多不同的意见，但是可以归纳成两点：一是主张永久都在南京，一是不主张都在南京，主张改都北平、西安或武汉等处。结果，在宪法中不指明国都的地点，事实上仍然在南京建都。那时，本人觉得国内有许多人士，并不认识南京；我们的意见，不管是建都南京或不建都南京，对于南京应有深切的认识。南京，我们与其说它是经济的名都，无宁说是政治的都城，与其说是政治的名城，无宁说是文化的名都。不仅是中国的文化城、东方的文化城，也是世界上少有的文化名城之一。因此我要说一说南京对世界文化的贡献。

南京在中国文化史上的地位,入宋以后,可以说一天一天地崇高起来。中国初期文化,是发展在黄河流域,东晋以后,一部分便南移到长江流域。到五代时期,西边的蜀,与江东的南唐,同为文化上的两个重镇,等到宋代建国,几乎大半是接受南唐的遗产,大到如改革制度,小至于纸墨笔砚,都是南唐的好。宋亡,经过九十年的元代,而明又以南京为首都,虽然到永乐间便北迁,然而南京始终在文化上站在领导地位。这几百年是中国文化与西洋文化相辅相融合时代,而与南京恰巧是一个转换的地点,所以今日我们要估计南京,一定要以世界的眼光看他。第一,我们以宗教来说罢:佛教在中国最久,在南朝的时候,江左的佛教就最盛。僧舍在吴赤乌十年到南京来,孙权佩服他,为他建塔。他住的地方叫佛佗里,为他建了第一座佛寺,那便是建初寺。现在在雨花台还保留着的那座高寺,是建于晋代。西域一个僧人叫帛尸梨密的,那时候还没有咒法,帛尸梨密译出《孔雀王经》明诸神咒,在翻译佛经的工作。他也是最早的人,我们只要翻一翻高僧传,那里面不知多少长老大师与南京有渊源的。杜牧的诗:"南朝四百八十寺",后来可考的还有二百几十寺。大概有的由一僧一尼营建的,有的由帝王创建的,有由个人兴建的,有由僧徒请求而立的,有专居一僧的,有为人求福的,有人在为帝王立的,有达官以寺为家的。在南京一带,当时研究密宗的最多,等摄山僧朋传鸠摩罗什的三福宗,后来成密宗便衰了。南唐后主也是佛教徒,提倡佛教。宋元以后少衰,明太祖又重新振兴起来。明代灵谷、报恩、天界称金陵三大寺。永安十八年刻大藏经两副木板,一副藏南京,六行十七字,一副藏北京,五行十五字。称谓南藏北藏。明清以来,名僧也不少。到了晚清,石埭物文会行金陵刻经处流通佛典百余万卷,又开祇洹沙会,弘生四十余年,一直到欧阳渐的支那内学院,不独为中国佛教的总汇,在世界佛教也是最有贡献的。其次,说到道教,道教是无国际性的,自从汉代的仙鹤观起,南京便有了道观。所谓正一教宗,全真教宗,都有道观,比起佛寺来,却不如了。其次说回教,洪武二十一年建净觉寺于三山街头,西域归附的人都有了存身处。这是南京回教之始,正统元年甘肃、甘州凉州一带的汉回到南京。有五百户,如改马沙撒哈达诸姓,住七家湾浮桥一带,清真寺也造了不少。天方的经典,第一由马沙尔黑等着手翻译。一直到清代康熙年间,南京人刘智字介廉的那位先生,完成《天方典礼》一书的译文,至今为伊斯兰教最流行的书。刘智先生住清凉山十年,这部回教的名著便是那时的产物。大家皆知,南京的教徒多,不知道南京也是回教的文献的一个纪念地。其次天主教,在明代万历年间传到南京,那时便有了教堂。顾起元的《客座赘话》上说:利玛窦居住在"南京正阳门西营中",并提到天主教、天母像等等。康熙以后天主教稍衰。道光以来,耶稣教盛行的时代,南京的耶稣教徒在战前调查有二千三百多人。教会教堂二十三所,在这次战争中损失甚少。我们现以宗教一项来看,南京毕竟与其他地方不同。

再说苏浙罢。六朝的墓道,如花林之北,梁代吴平忠侯萧景的墓,始兴忠武王萧儋的墓,梁安成王萧秀的墓,我们随便举一些来说,墓前的石柱、石兽或墓碑,这些石刻都是东方苏浙的精英。譬如三台洞唐吴道子画的观音像,可以说是画中的瑰宝,又出现在南京城中。明代的建筑保存的还不少,例如范蠡的□顾宅,就是明代所建。无论是雕刻、绘画或者建筑,南京都保留不少珍贵的材料,可供全世界的专家探讨的。因为时间所限,我不能再一一列举了。

再说到科学,我们看《科学的南京》中于星海君述秉志先生讲的"南京之自然史略",便可知道南京自然史料的丰富。例如南京的蚯蚓就有九种。水蛭有八种。还有许多毛毛虫。例如寄生虫,在秉志先生讲后,就有人着手研究了。昆虫经中国科学新生物研究所考察所得有二十属。

蜘蛛，就有长足蜘蛛、圆网蜘蛛、苗圃蜘蛛、漏斗蜘蛛、狼蜘蛛、水蜘蛛、蟹蜘蛛、跳蜘蛛、飞蜘蛛、蚁蜘蛛种种。关于鱼类、两栖类、爬虫类、鸟类，也有过不少专家曾研究南京的这些，对于生物学界的贡献一定不少。从地下的资源来说，南京附近有不少矿产，一向未被探发。不是在南京不能集合这么多的文化人，没有这么多的科学家、考古家、工程师，不能建设新南京，我们爱南京，因为南京是一座文化城，它对世界文化有所贡献，我们要从文化的观点，建设一个合乎理想的首都，尤其要能发挥它这座文化城的特色。今天我只不过先想出一个题目来，以后还请文化专家多多地发挥，恕我所说的简略不备。

编注：此文原载于民国时期《广播周报》复刊第三十五期。据称曾于1947年4月7日在中央电台播送过。

故人故事

一世画山卖的萧屋泉

萧屋泉画师是壬申年（1932）过的七十岁，最近才去世，今年该有八十七八岁了。他从晚清由衡阳家乡出来，任南京候补等差事很久；恰巧遇到了苍崖和尚，他跟和尚学画；结果青出于蓝，他比和尚要高得多。后来在钟英学堂当了图画教员，民国初年便到上海去卖画了！南京老友最多，跟王冬饮师很相好，癸酉年（1933）写信向冬饮师要诗为他七十补祝，那首诗我还记得开端是"微官不救穷，一世画山卖。萧君我旧友，骨耸脱天械。自写元气胸，实力非狡狯。要其得力处，何者南北派？以此摄净念，楼居神不愦……"。我还有位好友郦衡叔又曾向他学画，有几年我常常和屋泉翁在一起，他请我在他那"净念楼"吃过饭。我是知道他的脾性的，交情归交情，要索画非得照润例给钱不可；我曾为人付过笔润，一直自己想乞他画幅填词图，因价格高一时没去求他，因循下来到今天寒斋中竟没有他一幅画，我寓在上海的时候，也没有去看他；听到噩耗，颇使我惋惜，像这样的画笔一天天地少了；虽说这山水画的好处不是人民大众所需要，但究竟是东方色彩，也算是我们的民族艺术，积五十年的学养才达到他这种境界，不是容易的事。他那位世兄也是继承父业的，多年不相见，不知道近来的造诣又如何了？是不是还想和老父一样准备"一世画山卖"呢？

（1949年11月23日）

马君武的晚年

我会到君武先生的时候,他已是六十以外的人了。他和褚慧僧先生爱开玩笑。有一天,他对慧老说:"你发言太多了,今天开会,我希望你不发言;假使你还说话,我一定驳你的!"恰巧君武先生坐在慧老后面的一个座位。到了会场,慧老忍不住还是发了言,他话刚说完,君武先生果然站起来驳他。事前我们是听到他向慧老提出那话语的,所以觉得好笑;哪里知道慧老说一次话,他就驳一次,那天一共驳了五六次,从那回起,我对于他的辩才和敏捷佩服极了。君武先生有时候就像小孩子一样的天真,他在任广西大学校长时,他将桂剧演员小金凤接到学校去,其实也没有什么关系,但有些人就和他开玩笑了。他住在榕湖旁的新宅子里,门前一副对联是集句的"种树如培佳子弟,故乡无此好湖山"。横额是"门有通德"四字。有一天早上不知谁在上联加了"春满梨园",下联有"门当察里"各四字,横额上的"通"字又被改了个"缺"字了。

桂林市政当局将乐户指定住在一个区域，名"特察里"；恰与马宅隔湖相望，梨园当然是指小金凤而言了，君武先生看到以后，笑了一笑。他在晚年始终没有蓄须，红通通的面孔，架上一副黑边眼镜，不知道他的人，以为他还只有四五十岁呢。我到桂林时，可惜他已作了古人！

（1949年11月20日）

沈尹默先生之耳

谈眼睛近视的程度,沈尹默先生总算是深的一个了。在重庆陶园,有一天沈先生跟我说起少年时,随宦在陕西,一次和哲兄士远先生出去访友,那时还是"跨辕",坐着骡车去的,有几十两银子放在身边,到了地头两人跳下车来摇摆地走进去,银子竟不在意地丢掉。可见尹默先生早年就近视了。在朋友当中也有戴上两副眼镜的。不过近视之深并不能过于尹默先生。上次我谈过磨墨,我在沈先生那儿就看过他自己磨墨,一边磨一边翻书,虽然看书或写字差不多鼻头已挨近纸上了;然而行款从来没有一些歪斜,写书稿或作信非常之快,我到现在还保留他的函札不少。当代精工晋唐小楷的,谁也不能及沈先生,而我偏爱他那些不经意的行草,我觉得特别的秀逸。还有一点,我非常佩服沈先生的:就是他的听觉很敏感,在畴人广座中,他目力虽不能遍视座客,但一听谈话声音,他立时知道有哪些人在座,丝毫没有差错的。不但如此,就是你窃窃私语,故意把声音放得很低,他也听得出,尹默先生这两只耳朵可以说是有音乐家的天赋,虽"视听"吃力,而"练耳"容易;所以在五四时代他写过"三弦"一诗,能将三弦那断断续续的音调曲曲折折地写出来。久没有见到尹默先生了,不知道近作中还有"写声"的作品没有。

(1950年1月17日)

胡三先生的故事

我在《酒人补记》一则中想到诗人胡翔冬，胡先生的遗风余韵，到今天南京知道的人还很多，南门外的人叫他做三太爷，有些朋友直乎为胡三怪。他自己说："父母不以为子，妻不以为夫，子不以为父，此之谓三怪！"其实，并非事实，他只如此说说而已。他自述小时候的故事，我最记得两桩：一件是对对子。在私塾里，塾师根据《龙文鞭影》出了"龙头可杀"四字，那一位小同学平日带粮食到塾中来从不给他吃，这回对不上对子，却来请教他了。他说："好的，我替你对！看你对门不是豆腐店吗？那儿不是拴住牲口吗？驴尾对龙头，乱摇对可杀，不是很好吗？"那小同学连忙将"驴尾乱摇"四字写上送给塾师看。谁知塾师打一下那小同学的头道："你还不如索性对上'狗屁不通'呢！"另一桩是借驴，有一位朋友很吝啬，有一匹好驴子，胡三先生这一天将它借了来，走在街上遇着卖油条的，他一定跳下来买一根来喂它。这样搞了三天，驴一见卖油条的便停了下来，他也就把驴子送还了驴主。糟糕了！驴一见卖油条的停下来的时候，驴主初还不觉得，再加鞭子它却不再移动一步，后来才知道上了胡三的当了。胡三先生这一类的故事很多，他的诗在近代诗坛也是一个别具风格的。

（1950年1月5日）

刘师培轶事

仪征刘申叔先生本名是世培，后来改为师培。他家以三世传《左氏春秋》之学著名，我藏有他伯父的硃卷，知道他家世的梗概。他跟章太炎先生交谊很好，因为他们同为经学古文家，在章氏办《民报》时，他又易名光汉；也倡言革命，排满甚力。可惜中途变节，充起两江总督端方的细作来了。这原因在于他老婆何震，何的老表汪某是端方的爪牙，相约暗地放毒药打算毒死太炎，被人发觉，于是只得往南京投靠端方了。相传是何震押着他去的，对端方还称老师。后来端方入川，他跟着去；在资阳端方给民军杀了，他流落在成都，在那国学院教书。本来大家要对他不起，还亏太炎去信救他下来。在十七八年以后，我也在国学院（后来改称中国文学院）教过书，据旧人谈起来，他之惧内是因为离开老婆便不能独立生活，饮食起居完全依赖她。过了些时，他往北京大学，又由何震导演，而成为筹安六君子之一，怂恿袁世凯称帝，那一篇《君政复古论》，有人比为扬雄的"剧秦美新"。他死时不过年三十六，虽然学术上不能说无所贡献，但阿附端方与袁世凯总算是毕生两大污点。何震在他死后也发疯了，死得也很够惨的。

饮虹（1951年3月23日）

记：凤先生

提起吕凤子先生的姓名，江南人大概不会感觉陌生罢。他现在已是六十以外的人，胸怀恬淡，不慕声华，论人物是当代第一。少年多画美人，中年多画隐逸，晚年爱画罗汉。韩紫石长苏政时，为他印过一本美人画册。他在丹阳创办一所正则学校，他毕生心力都为着这学校；当抗日战起，迁校到四川璧山，在文风桥下，建了正则的校舍，那校舍不大，但非常精巧，纯粹是东方建筑，里面有一间"凤窝"是他自己的画室。我很惭愧，对于正则未能尽力，有一次到璧山去看他，留我在"凤窝"吃饭，立时作一幅画送我。他笑说："想不到画出的这人物酷肖旭初，我正在怀想他，不自觉地一画便像他了。"我回到北碚再请旭初翁题上一首小词。吕先生名濬，两江优级师范出身，是中国美术界前辈，融治中西，他的画是自成机杼的。早岁以"凤子"题署，他说这表字有些像日本女人，所以后来改作"凤先生"。他居蜀时，画过一幅"鸠摩罗什译经图"，图中六七人，各有各的神情，各有各的职司，送到伦敦去展览后，不知道收回了没有？我另看到一横披，画的是十八罗汉，其中有的在掏耳，有的在私语，有俯有仰，有行有立，那构图的方法不尽是中国旧有的。他不常作画，每画必有特色，尤善于题；不像近年那些多产画家日日有出品，随便加题的。

（1950年3月7日）

寄慰恨水

慧剑从北京参加文协回来,说到恨水这一次的病,是在一天晚上,灯下课子的时候,忽然感觉头痛,便有些支持不住了,这情形类乎"中风",大约还是脑溢血。写作小说,平常绞脑汁未免太多了,文人和贫病老是分拆不开的,北望燕云,使我深深地怀念。

恨水今年应该是五十五六了,记得在重庆时五十初度的;当年在南京创办《南京人报》还是四十左右的人,每天编报,还同时替京沪各报写好几部长篇小说,我们见面的机会就很多,总是笑嘻嘻的兴致很高,又爱画几笔儿。在唱经楼街附近的寓庐里,也曾邀我去玩,那几年的生活由今看来是天上似的。

流亡到重庆以后,他和那位夫人住在通远门一家金山饭店,手头很不宽裕,谈起他老弟牧野在敌后游击,高声地笑着,将霍邱这一带的地形给我们讲,穿插了许多小故事,一席话至今我还记得。他搬在南温泉住家,我这时住在白沙，不常会得到。有人来说到他的词，有"惜物而今到火柴，十元一盒费安排"等语，知道他益发穷困了。偶然在新民报遇见，还是有说有笑的。我下海做报人，恨水是怂恿着的。地北天南，一别四五年；这时候他又病了，老朋友怎能不关切呢？所幸看到《西风残照图》的发表，他还能经心结撰成这样钜装，想来病体已渐康复了，不胜快慰之至！

（1949 年 11 月 3 日）

酒人补记

我喝了三十年的酒,戒酒不知戒了多少次;要不是这一回高血压症搞到肺出血,我是不容易把酒断了的。止酒以后,回想当日的挥杯乐趣,恍如隔世。本来我的父母皆是大量,外祖母也是百杯不醉的;我的子女们平日虽然不喝酒,偶然叫他们喝起来,就是喝上四五杯还是没事的。从前刘大绅写过《酒人记》,在寥寥短篇中很能将酒人的各种风致描绘出来,我所遇到的酒友,有些是值得写的:

第一位便要数到去年在苏州自沉的乔大壮先生,大壮是饮不择酒的,不择时也不择地,量并不大,可是非闷酒不欢;喝了酒他越发拘谨起来。第二位是在成都逝世的胡翔冬先生,因为他早年所作题名《牛首集》,所以我称他为牛首翁。他讲究酒,并且讲究下酒的肴菜,喝起酒来一喝半天,越喝兴致越高,有谈有笑,最后便会骂起来,他骂得很艺术,有人就爱听他酒后的詈骂。第三位是得诸传闻,我未亲炙过的郑受之先生,据说他的酒量很大,不过喜欢闹酒,越闹越喝得多,喝了酒就去逛钓鱼巷,有时睡倒在秦淮河上,醒来扑扑身上的灰也就罢了。这三位皆已成了古人。健存的酒友像金子敦先生从容不迫地喝白酒能喝上斤把;范洗人先生抓着豆子花生之类的,喝绍酒三五斤,笑眯眯,毫不动声色,他们的酒品也有足取的。

(1949年11月11日)

新北京的旧人物

我在宣南北半截胡同江苏会馆里，看见馆役老王头上拖着一根辫子，觉得非常怪异的。据枝巢老人说："他是江宁郡馆那王长发的儿子，就是不肯剪辫子；你要逼着他剪，他就说你妨碍他人身自由，这理由倒也是光明正大的。"我看他不过六十岁左右的年纪，这三十九年来还一定要保留下尾巴似的小辫儿，真是非我所能理解的。恐怕除了北京，不容易在别处发见了。只有在无所不包的北京人海里，才会看得到。总算是崭新的北京的陈旧的人物。我又在南池子遇到一家办喜事，前面的仪仗、乐队，都穿着红绣衣，头上还戴着红缨帽。当然新娘子还坐花轿，在花轿后却跟着一辆汽车，车上也结彩扎花，大有"集古今中外之大成"的意味。今天早上，我在西四牌楼一带溜达，忽又见有出丧的，现在是用大卡车了，灵柩放在车上，有绣花的材罩，围坐着上十个的绿衣人，这绿色衣裳也是绣货；想来一定是扛棺的人，他们居然仍穿一身极古老的制服。最有趣的是，街口有好几位着人民装的年轻人，张着很大的眼睛望它。的确，在这一对比下，不止是一二百年的距离呢。北京是新了，而旧古董正复不少；这些服色似乎该改正过来的。有的不妨让它存在，如故宫博物院的器物，北京图书馆的书籍，是民族文化的遗产，应该妥善地保存了。

（1950年4月26日）

不肯改诗的贯休

客里空式的报道,在中国旧日叫做"想当然"耳,差不多是文人的通病,最易犯的。韩愈在中唐不能不算是个文章的能手,他所撰的碑志,对于死者每有溢美之词,因此,有人说他弄的钱是谀墓金。不过,例外不是没有,就拿晚唐那和尚贯休来说,他为了避黄巢的兵火,到了杭州。那时正值钱镠称吴越王的时候。钱镠字具美,小名婆留,就是杭州人氏。贯休愿意和他一见,先献一诗,诗云:"贵逼身来不自由,几年辛苦踏山丘。满堂花醉三千客,一剑霜寒十四州。莱子衣裳宫锦窄,谢公篇咏绮霞羞。他年名上凌云阁,岂羡当时万户侯。"钱具美一见此诗,大加叹赏,就是嫌"一剑霜寒十四州"说得太寒伧了,不如把十四改为四十,示意给和尚,哪知贯休不肯,说等你真个领了四十州时再改。当下他就飘然入蜀,不与钱氏相见了。章太炎先生在日,常会提到史思明一首诗:"一筐柑,一半青,一半黄;一半与怀王,一半与周贽。"有人劝他何不把下两句调动,可以叶韵,他说:"如何使周贽放在我儿子上面!"他不肯改。贯休的不肯改这首诗,比史思明的不改诗又不同。我认为贯休的不苟且,正足以为旧日那些中国文人的模范;是值得向他们学习的。虽然"四十"和"十四"不过一字颠倒,但为了正确,自不能乱改。

(1951年3月2日)

秦桧的晚年

我曾根据陆放翁的《老学庵笔记》等旧笔记，辑录过一篇"秦桧之二三事"，其中搜集了若干传说，例如施全在望仙桥下行刺他，以及秦门"十客"的名目，原有门客、亲客、逐客、娇客、刺客、羽客、庄客、狎客、说客，后来在秦桧死时，来了个史叔夜作吊客，补足十客之数。这些过去都还有人提起。孙女招赘郭知运一事，秦桧夫妇二人争一"赘"字，桧说："如此才能束缚得定"，当时传出来，闻者引为笑谈。又：李季为他在天台桐柏观设醮，遇一士人，摇着头说："徒劳，徒劳。"好像预知秦桧第二天就死了，这多少有点神话性质。只有他晚年两件事，我最觉得奇怪：一是他的孙女，那位所谓崇国夫人，爱一狮猫，有一天猫跑了，立时限令临安府访求；及期猫还没有找到，临安府替他捕系邻居家，并又劾兵官，吓得兵官连忙也出来捕猫；凡是狮猫都捉了起来，可惜独没有那一头猫。又赂入宅老卒，探问猫状，画了百张猫像，到处在茶肆挂起，这猫不知后来究竟觅到没有？还有一件，秦桧晚年揽权越重，门前戒备更严，有人在门前望一望，或咳了一声嗽的，无不被呵止。偶然告了一两天病假，另一执政被召对，执政不敢随便说话，只盛推秦太师的功德。第二天，他来了，问那执政昨天说些什么？虽然表面谢谢那执政的"荷盖"，可是当天就令言事官上弹章劾那人了。这两件事倒有些像十年前孔宋的作风，原来是秦桧的嫡传咧。

饮虹（1950年12月11日）

前辈文学批评家：金圣叹

为人民所熟悉的文学批评家，是明末清初的金圣叹。廖燕的《金圣叹先生传》说：金名采，字苦采，吴县人。《晚晴簃诗汇》作金人瑞。《辛丑纪闻》上又说他名喟。还有的说他原姓张名采，这是靠不住的。至于字若采，并不是苦采。他生于万历三四十年之间，生日是三月三日。他对于批评工作是这样的：甲申（1644）批《水浒传》，丙申（1656）批《西厢记》，己亥庚子间（1659—1660）搞杜诗。他在《杜诗解》卷二中说"曾记幼年有一诗：'营营共营营，情性易为工，留湿生萤火，张灯诱小虫。笑啼兼饮食，来往自西东。不觉闲风日，居然头白翁'"。这首诗未必便是他幼年在塾中所作，然而可想见他那种不羁的性格。他又作过《丁祭弹文》："天将晚，祭祀了，忽听得两廊下吵吵闹闹。争胙肉你瘦我肥，争馒头者你大我小。颜回德行人，见了微微笑。子路好勇者，见了心焦躁。夫子喟然叹曰：我也曾在陈绝粮，几曾见这饿殍！"他对于那些吴下诸生已尽讥讽的能事，而他所以命名圣叹，也可看出用意来。他所批的小说，便有人说他："笔端有刺，舌底澜翻，钟惺李卓吾之徒，望尘莫及！"现在所存毛宗冈批的《三国演义》，冒圣叹的牌子，甚至做上一篇假序。他在文学批评上的成就，实由于他这种革命者"见义勇为"的风度，所以他能纠众哭庙，能领导起这种学生运动。他在顺治十八年七月十三，在南京三山街和其他镇江金坛地方一百二十一人同时就义。《柳南随笔》中提到他临死时的言语："杀头，至痛也；籍众，至惨也；而圣叹以不意得之，大奇！"他有这种才情，这种"视死如归"的气魄，所以他才能成为第一流的批评家和学生运动领导者。

（1949 年 9 月 11 日）

扬州八怪

关于扬州八怪的说法不一,通常传说这八位是高凤翰、金农、高翔、李鱓、郑燮、黄慎、汪士慎、罗聘。也有用华喦或李方膺来代替黄慎的。这八怪都是清乾隆嘉庆时住居扬州的;并不是扬州本地人。他们以书画诗文印章著名,可是力去陈法,各出新意,人奇画奇,所以得了个"怪"的名称。高凤翰字西园,胶州人,他的标志是一部髯须,好以左手为画,在他画上每刻"髯"字朱文印,或"左手作之"。金农字冬心,自称"冬心先生",有时用"百二砚田富翁"的印,我最爱他那近于爨体的楷法。高翔字西唐,他是以画梅最著,自称"山林外臣"。李鱓字复堂,他画蔬果在当时是第一了。他也做几任知县,但他爱用的印是"卖画不为官""村愚道人""衣白山人"等。郑燮即板桥,在八怪中是最知名的,他的诗集是手写付刻的,字画假造的最多,从他那"徐青藤门下走狗"的印章看来,可以知道他最佩服徐文长的。汪士慎即七峰居士,亦以画梅名。罗聘字两峰，冬心弟子，他爱画鬼，他说："谁也没看过鬼，所以鬼最好画。"李方膺字晴江，擅长兰竹。华喦字秋岳，号新罗山人，写人物最好。跟黄瘿瓢同而不同。八怪虽然是二百年前的人物，但在今天还有他们的地位，因为他们能创造不专模仿，而且他们的画不是专为资产阶级作的。

饮虹（1950年12月23日）

金翠之死（上）

《续艳异编》中所叙的刘翠翠和金定的事，是很富有浪漫性的一个爱情故事。可惜它掺杂了一些神话，本来是仿唐人传奇文写的，而沾染了明人通常见到的文章的滥调，未免糟蹋了。我且用朴素的字句，将这一段情节说明，好给剧作家们参考。它说的是淮安一个民家女姓刘名翠翠，小时在塾中读书，有同学名金定，跟她同岁，同学们都说他们是两口儿，因此他们也这样私下订好亲了。当父母要为她议亲时，她坦白说："我已许了金定。"父母也就允许了。结婚了一年，恰巧张士诚起兵。张部有个李将军，到了淮安，便掠了翠翠。金定经过许多困难，才得到这消息，这时李将军驻扎湖州，金定追踪到了湖州，天天在门外徘徊，被阍者发现了。问他踌躇些什么？他说："我有一个妹子，不幸在逃难时失散了！听得人说，现在她正在贵府。所以我不远千里地赶了来会她。"阍人问他那妹子的容貌、岁数、籍贯，金定一一回答了。阍人说："不错，府中果有一位淮安人,刘姓,大约二十三四岁。她是将军的爱宠,你的话不错。我去禀告将军,他答应了然后才能给你们见面。"于是金定整一整衣服,笑了一笑。

(1950年11月11日)

金翠之死（下）

　　隔不了一会儿，李将军在厅上接见了金定。问明白了他，并令翠翠出来相见。作为是兄妹的他们，在将军面前还有什么好说的！将军留他住下，过了一天，又给他充任记室，待他很厚。可是自从那天见翠翠以后，再要相见是不可得了。在他换衣时，缝了一张纸在衣内，给翠翠看；同样翠翠也赋诗一首缝好衣内交还他。这样一天天的愁闷，他病倒了。当他病得严重时，翠翠要求将军，和他一见。翠翠的臂刚巧扶起了他，可怜他就死在她左手上了。将军将他葬在道场山，翠翠送殡回来，也就病倒了。她对将军说："我跟你已八年了，举目无亲，只有一兄，现在他又死了，我病必不起，请把我骨埋于兄侧；九泉之下，庶乎有托，我就感谢你了。"将军在她死后也照办了，一左一右，一东一西的两丘并存。到洪武①年间，士诚灭亡以后，刘家有老仆过湖州道场山，看见金定和翠翠，唤此老人进

---

① 原文为"汉武"，疑为编排之误。（编者）

去，各问父母的安好。后来刘父亲自去访，与金翠聚于梦中。这又是旧小说常有的那老调。这故事借死后团聚来弥补生前的缺憾，金定始终感谢那李将军，不敢将翠翠夺还；这又不如王无双、昆仑奴那样来得痛快了也！

（1950 年 11 月 12 日）

吃吃喝喝

八宝饭

这里所谓"八宝饭"不是指真的莲子银杏豆沙这"八宝"而言，而是指那沙子碎石等"八宝"而言。这名称是在抗战期间发生的，那时配给平价米，管理粮政的和米商们勾结起来，掺杂一些土灰甚至还有铁钉在里面，加重斤量，藉此捞一笔浑财，老百姓能吃不能吃，他们是不管的！这"八宝饭"的名称在那时重庆是很流行的；主管粮政的人认为是我故意捏造，把我恨得刺骨。其实他们的口袋早已装满了，而我们天天还在吃这不能下咽的"八宝饭"；应该我恨他的，他反而恨我。我从小受的家庭教育，吃起饭来两手捧着碗，纵然饭中有稗子糠皮，是不准剔出的。我常自笑喉管比别人粗些，什么一吞可以下去。然而"八宝饭"却不敢领教，一不小心，便把食道划破了！有些人专吃"双筛过米"，发现一颗稗秕，一定要把它剔除；本来"糙米"就有些吃不下去，何况这"八宝饭"呢！他们宁可饿杀，也不能耐着将它吞下肚皮。差不多闹了一两年，由八宝而七宝六宝，米里才渐渐掺杂的品类减少了。战后回到东南来，看到白粳和洋籼，一颗颗洁白的米粒真和珍珠差不多。我曾问过孩子们："是这饭好吃还是八宝饭好吃呢？""那怎么能相比！这样米里又怎忍乱掺杂些别的！"他们这样回答我。

大家吃着饭两手都紧紧将碗捧着的。

（1950年1月18日）

馒头的传说

苏式先生在《活杀与生煎》文中，谈起馒头的起源，最初本作蛮首；是古代南方酋长用活奴隶的头来做祭神的牺牲，因为不人道才改用面粉作替代品。我不知道苏式先生这种说法，他是从什么地方看到的或听到的。我所得到的传说，和这差不多，并且说馒头的创造者是诸葛武侯，此事发生在五月渡泸的时候。过泸江必需要献童男女若干给水神才得平安渡过，否则风涛凶险，水神为祟。恰巧武侯出师征孟获，到了江上，他不忍心用人作牺牲，于是拿面照人头模样做成一个个的，总算对付过去，水神让蜀汉的军队通过了泸江，而从此馒头之法行于天下。在清代乾隆年间，名剧作家无锡杨潮观的《吟风阁杂剧》中有"祭泸江"的一出，即以馒头为主题。可是馒头这名称和范围，也视各地的习俗而异。例如上海和南京距离这么近，上海所谓馒头有一部分南京人是叫做包子的，南京所指馒头只是那一种形态，范围比较小多了。生煎馒头也只是上海的吃法，南京就没有；山东的"油煎"是两面煎的，和生煎不同。他们把有馅的一律叫做包子，馒头是无馅的。宋范成大诗："纵有千年铁门限，难逃一个土馒头。"这和梁晋竹所引的"城中尽是馒头馅"，我们一看可知范、梁皆是南人，因为南方所称的馒头，才是有馒头馅的。

（1950年1月22日）

黄桥烧饼

北方的锅魁跟我们叫烧饼的并不一样。锅魁是相当于我们所叫的大饼。江南的烧饼名色甚多，有什么蟹壳黄、草鞋底、朝笏板；大都像长圆大小之形。内加油酥面，外有密匝匝的芝麻，主要的还有馅子，通常是葱和猪油，或豆沙，或玫瑰糖。到了泰州黄桥镇的烧饼，竟有虾仁、肉糜、名种蔬菜的饼馅，于是烧饼的内容更复杂，而黄桥烧饼的号召，乃普及于江南。如南京从前以烧饼著名的三泉楼，也瞠乎其后了。烧饼本是大众的食品，这样一来越过也越贵重起来，和大众距离得很远。有些烧饼摊却简化它，做一种所谓夯饼，就是粗烧饼，用来供应大众。更有扩大饼的面积，跟北方的锅魁相似。黄桥烧饼的欣赏者究竟范围太小了，敌不过夯饼大饼的销路。到今天虽仍然有黄桥烧饼在卖，然而吃得起的人也就不多啦。

云师（1950 年 11 月 10 日）

莲子粥

秋夜听街头叫卖莲子粥,不觉回忆儿时灯前情味。我还不满十岁,那八十高龄的曾祖母,每晚为我熬一碗莲子粥,喝粥睡觉,习以为常。据说取莲子去心三十粒,煮白粥极融,融到水米不分,惟此能交心肾,粥后安适的一觉就能养人。张文潜的《粥记》大夸张晨起的一粥。他说:"晨起空腹胃虚,谷气便作,极为妙诀。"而苏东坡是喝夜粥的同志,他有帖云:"夜饥甚,吴子野劝食白粥,云能推陈致新,利膈益胃,粥既快美,粥后一觉,妙不可言。"词人许宗衡因为胃病不晚食,也是临睡喝一碗莲子粥的。有人说,喝此粥易生痰,亦不利于养生。他说:"人不能为境限,鸡猪鱼蒜,逢着便吃,固是旷达;若吞毡啮雪,盘错中之药石也,亦奚不可。余能粥则粥,能五更粥则五更粥耳。而淡泊之胜于膏粱,则固人人当知者,存余夜气,不复强以责人也。"他因夜粥,曾大发这议论,我连他这议论也想到了。可是这三十多年,我就没有夜里喝莲子粥的事。我那业医的儿子只劝我少食,晚餐尤减少,带点饿的感觉再睡,说这样血压就不会再上升了。

(1950 年 9 月 16 日)

喝汤的次序

随园之孙,杭州袁翔甫在七十年前跟唐景星为着招商局的事出了一趟洋。回国后写一本《谈瀛录》大谈海外奇闻,其中有一卷《涉洋管见》,最妙的是"中西俗尚相反说",其记载之不正确,现在在我们看来,真可谓之"荒唐"!如说"中土一男可以兼妻妾数人至数十人不等;女子只事一夫。泰西则一女可以适数人,而男子不得兼妻妾。"我不知道哪一国的女人可以同时"适数人"的?还有"中土以字纸为最重,到处劝人敬惜;泰西以字纸为最贱,大便皆以拭秽"。试问又有多少国家,专以字纸拭大便用的?这话真说得太奇了!至于"中土进食,肴馔居前,羹汤居后;泰西则先之以汤,继之以馔"。这也只足以证明袁君在中国走的地方很少,也许只看到江浙人先馔后汤,便认为中土之习如此。远的不说,但看河南人"开口汤",在进食时,第一就喝汤,我常笑河南这开口汤的习惯。我说:"是不是因为这儿是汤的故地,所以一开口便喝起汤来?"这当然是笑话；然可见中国各处的习惯不同，喝汤的次序也就不同；怎样据江浙的习惯，但就认为中西俗尚相反！中西的俗尚诚有不同之处，未必就是相反！翔甫这一篇文字是毫无足取的。就是《西俗杂志》也有许多地方是不正确的，例如画师雇模特儿，他偏说："描摹妇女下体"，何尝是专"描摹""下体"呢?

（1950年10月6日）

十样菜

四川有种"素烩",和粤菜里"罗汉斋"一样,是用许多蔬菜炒成的。在南京春节前也有这么一种十样菜:用贴炉面筋、胡萝卜丝、生姜丝、酱瓜、豆腐干、白芹、黄豆芽(叫做如意菜)、木耳、豆腐做成的白页(又叫做千章的)、黄花菜(俗称金针)。这十样也许会有点出入,因为各家有各家的习惯,这十样菜在辞年祀祖时一定要供出来的。春节时大家吃油腻多,用这素菜来调节胃口说起来很合卫生;然而主要的用意在"吉祥"。其中属于豆腐类的有三种,腐字谐富字的音;黄豆芽又像如意的形,红白黄黑配合起来颜色也好看,我把这菜当作民间艺术之一。在春节中民间艺术表现的方式很多,例如"剪纸",剪一些什么"福寿连圆""梅蝶""笔锭如意""福寿双全"之类的,贴在器皿上、窗棂上,男女老幼都可欣赏。究竟比起食品来就不如了。而糕饼元宵那些甜食,作为高贵的点心则可,不能佐餐,不能像十样菜这样丰富、普及。

尽管也有人用十样菜来包春卷,来做包子馅,平常还只看它是菜而已。有位朋友在南京作寓公多年,他说:"别人爱南京的板鸭,我却爱鸭油泡炒米,佐以十样菜,这是人间至味。"他这种说法,还不免老饕本色,其实只要一碗白米饭,一碟十样菜,已足够美满的了。

(1950年2月13日)

春韭

杜少陵的诗："夜雨剪春韭。"提起春韭来，我就食指大动。吾乡龚揖坡老人作过一部《冶城蔬谱》，便把它列之第一。他说："周彦伦山中佳味，首称春初早韭。尝询种法于老圃云：冬月择韭本之极丰者，以土壅之。芽生土中，不见风日。春初长四五寸，茎白叶黄，如金钗股，缕肉为胎，裹以薄饼，为春盘极品。余家每年正月八日以时新荐寝，必备此味，犹庶人荐韭之遗意也。秋日花亦人馔，杨少师一帖，足为生色。"因为它的叶黄，俗称为韭黄。如龚老所说"缕肉为胎，裹以薄饼"，这便是春卷，南京的吃法不定都用油去炸的。讲到春韭肥腴，要数临潼第一，因为华清池的温泉底水，灌溉着它，使它的芽长到尺把，而且有手指来粗；我们江南的春韭比起来大为逊色。有一年，我在正月初由西安到了临潼，在华清池洗了个澡，炒一盘春韭来吃，韭的本身油润可口，不需什么肉丝鸡丝，已芳生齿颊，此味十年来都不能忘。惜乎揖坡老人所未尝，不然在蔬谱中定要载明的。前年溥心畬来南京,我请他为《冶城蔬谱》补图若干幅,每天我送两三种菜给他勒过画本,已画了二十多开,春韭当然也在内。可惜未及完工,他又到杭州去了。不知他现在吃春韭时,可还忆及此事否!

(1950年2月21日)

野味

小时候在这寒冬岁月,看街头卖"熟切"的摆出野味来,非常感兴趣。大概卖得最普遍的是兔肉,可是吃得不小心,有时会吃出个小子弹儿,弄得一嘴火药气。兔肉外面有一层厚厚的皮,要撕掉这层皮才好吃。卖兔肉的人故意涂上一道红曲,看上去似乎很新鲜。此味我大约已十多年不尝了,在熟切摊边走过好几回,很想再买一两只兔腿来尝尝,终于缺乏勇气,只望望然去之了。这倒不是因为现在才讲卫生,因为止酒的缘故,对一切"熟切"多不爱吃,又不独野味为然。老妻笑道:"兔肉本来是小孩子爱吃的,今天我请你尝尝另一种野味罢。"果然她由菜市上买了一只野鸭回来,也只一斤来重,花了六千元,据说还不算贵。在野味中,野鸭还不算高贵,比它高贵的另有山鸡,价格较野鸭差得并不多,炒山鸡脯似乎比红烧野鸭更为可口了。这必需要自家烧煮,当然没兔肉省事。为着口腹之嗜，多累老妻忙上半天，不免有些惭愧。然而多年不尝野味，偶然一试，竟打破我每餐半碗饭的纪录了。

        饮虹（1950年12月25日）

莴笋圆

莴笋在南京叫做莴苣，四川人称它为青笋。龚艾堂先生根据《清异录》说它："吴国使来，隋人求得菜种，酬之甚厚，故又名千金菜。削去粗皮，色如碧玉，一种香者气尤芳冽，盐渍生食亦清脆。"（见《冶城蔬谱》）我们在四川吃青笋和萝卜的方法差不多，常常放在汤里的。在上海就用来炒或拌，从来没有煨的。上海和南京的莴笋也有一点不同，上海的莴笋短，南京的出产比较长，因此有一种特别的制法，就是买几十斤莴苣，拿来一洗，抹上一些盐，一条条地在太阳下晒，大约晒不了两天，莴苣就干了。用一瓣玫瑰花夹着，从莴苣的大底一头卷起，卷成一饼似的，这叫做"莴笋圆"，南京人读这圆字是用"圆儿"两字的合音。艾老所说"盐渍生食亦清脆"，当系指此而言。在这季节中，除了莴笋圆，还有好多样的家庭手艺，如腌盐鸭蛋，制玫瑰沙。这玫瑰沙也是一种美味。第一，买下若干朵玫瑰花，将花蕊、柄都摘掉，用去了核的梅子和它在一处捣烂,然后加上大量的白糖再拌在一起。放在太阳中晒,随晒随拌,不要使它成了一团团的。等晒干以后都成了紫色沙形的糖,南京人就叫它做玫瑰沙。吃粽子蘸它,有时做烧饼馅吃,也香甜可口。这种家庭制造的食品,各处都有,可是从来不大记载,其实这些都有记载的价值。因为有好些食品都不花多钱,也并不顶费力量,而可以供大众食用的;将这制法流传,不亦大有利于人民乎?

(1950年5月30日)

沪制御膳

去游北京北海的漪澜堂的人,一定要尝一尝那"御膳",这就是用栗子面做成的小窝窝头。我今年北上,正在挖北海的时候,漪澜堂虽也去了两次,"御膳"并未吃到。昨天,牛马走兄相邀,在"北京味"去尝涮羊肉,饱啖一顿以后,大家还在那儿聊天,主人忽送了一盘"御膳"来,据说有人定了三百客,特地将这仿制品请我们检定一下。座中有冒疚斋先生,他尝"御膳"的资格最老,因为相传这种小窝窝头是在那拉太后由西安回銮时才有的,八国联军到了北京,光绪与太后逃亡时,沿路没有东西吃,有老百姓送窝窝头给他们果腹,她觉得这滋味不错,后来就制成"御膳"了。疚翁在光绪中叶就服官京师,当然对御膳早就知道(也许在那时宫廷以外人还吃不到咧),民国初年,在北海公开发售,疚翁一定吃过不少次的。他对"北京味"主人说:还要注意两件事,一是太高了,太细了,外形有些差别,需要改正;一是还嫌有点苦,这面也得再和一和。主人承教,答应明天重新再试。过两天,这沪制的"御膳",一定能与北海的媲美也。

饮虹(1950年12月5日)

腌菜与炒米

最近十多天，南京人家正忙着腌菜。菜价由每担二万二千元已落到一万五六千元一担了。腌菜的手续，第一步是晒菜，大街的两边已成了绿市，本报曾经报道过。菜晒了两三天，就"打把"了，摘下菜心挂起，准备来春做"油不渍"吃。用盐和石螺腌它一星期，最后就分坛过冬。南京这种腌菜跟四川的泡菜并不一样。泡菜吃个新鲜，一年四季随时可泡，不像南京这腌菜必定在冬天。虽然，明年还可将它晒"干菜"，或者炒"腌菜花"吃；六月心里煨腌菜汤喝，这腌菜有的吃它半年，但弄腌菜只是这几天的事，这时候，我就叫它做"腌菜时节"。以往还有一种迷信，就是借腌菜的好坏，卜来年一家子的命运；这当然可笑，然而南京人对此的重视可知！再过十来天，又要忙炒米了，就是买糯米几斗，送炒货店夹着细沙来炒它，将它存储起来，以备过冬时泡着果腹。一盘腌菜，一碗炒米，这便是十足的南京味。南京人的家庭，如果要说它有什么特色的话，我一定要推举腌菜和炒米。尤其本本分分的过日子的人家，对这两样是必不废的，因为这两样是最节约的。

（1950年12月6日）

花参润肺

王仲卿君送了我几斤花参,叫我用热水烫它的皮,剥了以后,在文火上炖,像炖莲子一样。两三月来,我照着这法子做,一天吃花参汤一小碗,的确,大有成效,我不再咳,不再常常呛血了。平常我爱吃炒花参的。据说炒花参是动热的,多吃会生痰。每年我到冬天,痰非常之多。由于血压高,前年冬天,在痰里带血,后来一口口的血吐出来,我在上海红十字医院就诊治过,没有什么显著的效验;再请中医处方,吃了好几帖药,血还是没止,经常地服维他命克,才由减少到完全不吐。又是冬天到了,我很担心。这回反而吃花参吃出好处,使我没有犯老毛病。我从来对于单方之类是不大信任的,"花参润肺"这句话,也不过听人家随便讲。仲卿是为着"好吃"送我的,怕也不是以"药物"见馈;然而不期然而然地治了我的病。再说花参这两个字,我们叫做长生果,参是写作"生"的。我看四川磁器是写作参的,所以我就写成参了。江南人只拿它作零食，不大弄菜的，别的地方用花参煨汤，或炒酱，倒是一样很可口的菜。现在知道它不但可以做菜，而且还是药。写成花参，似乎与人参、西洋参、高丽参一样高贵，不比"花生"看得令人寒伧。同是一个字，它给人的观感竟这样不相同的。

（1950 年 4 月 10 日）

小雪酒

《礼记·月令》:"孟冬乃命大酋,秫稻必齐,曲蘖必时,湛馈必洁,水泉必香,陶器必良,火齐必得,兼用六物,大酋监之,毋有差贷。"这都是造酒的门槛。秫就是高粱,馈是黍跟黏稻,湛馈就是煮稻黍成糜,随后再加曲蘖,用瓴盛起来,酿它;是白酒黄酒的法子都已有了,火候器物都要讲究。也许最早有的是醴,一种甜酒。据《诗经·国风》:"十月获稻,为此春酒,以介眉寿。"造酒的时期多在冬季。拿现在江浙两省来说:杭州的俗谚是"遍地徽州,钻天龙游,绍兴人赶在前头"。就徽州人爆竹,龙游人纸马,绍兴人赶着造酒。安吉造的过年酒;平湖在十月造的,所以叫十月白,也有用白面、白米、白酒叫三白酒的,到春天着桃瓣几片,便叫桃花酒。但江山的桃花酒是头年酿的,等第二年桃花开时再饮,也叫桃花酒。孝丰在立冬,长兴是小雪后,所造酒就叫小雪酒。为爱惜粮食起见,现在能以余粮酿酒已不多,可是在这时,大家又忙着制咸肉咸鸡鸭了。从前为的祀神,如今是自用,最多也不过饷客。

饮虹（1950年12月15日）

吃蟹的笑话

谚云："九月团脐十月尖"，现在该是蟹最肥的时候了，可是今年的南京，这几天蟹已渐渐地少了。上海讲湖蟹，南京讲圩蟹；湖也好，圩也好，没有农民反认不得蟹的道理。在李卓吾《一夕话》卷二上有"乡人不识蟹歌"，这只能当笑话看。原歌是这样的："乡里人买螃蟹，买将来往廊檐下挂。妻子道：这样大肚皮的蜘蛛，你买他来作啥？夫主道：你与我挒出一点血儿，将油盐来炒刮。妻子道：这样没头没脸的东西，叫我怎生来宰杀！这几日没有油盐，且将白水来煮罢！从早晨直煮到晚，看看还是一块瓦。妻子道：这样费柴费火的东西也把钱出，买将作啥？从今而后买什么东西也将指头儿呷呷。丈夫听罢心中烦恼，不管生熟拿来嚼。揭开锅盖跌了一足，起初是翠青的东西，也变作通红的壳甲。"看这歌词使我想起元曲中的"庄家不识勾栏"，形容这一对夫妇不会吃蟹，倒像江南人所说的"牛吃蟹"了。不过,我跟这乡人也有些相近处,就是没有好方法来剥、来剔,偶然吃只把蟹,勉强对付;对于蟹的下市,是毫不表示有点恋恋不舍的样子的。

饮虹(1950年11月23日)

坛坛罐罐

从新观点看《儒林外史》

《儒林外史》这部小说,专门说的是关于知识分子的事。虽说讲的明代故事,其实是假托。这些人物都是和作者吴敬梓同时的,清代雍正年间的一班士大夫。我们要以新的观点,重新估量这些人的得失;从楔子里的王冕起,那一个立异鸣高的"高士",他的优越感,使他隔离了人民。书中提到的严贡生那位简直是一个专门剥削人的人,从王大的猪一直剥削到弟妇,可以说最卑劣的一个读书人。蘧景玉和他的儿子来旬,当然比较有可取处,然而他们都是温情主义者,见到王惠一味地妥协,就是反抗八股也不彻底。娄玉亭和瑟亭这两位难兄难弟,不满现实,而又专唱高调,于人不利、于己无益地白过了一生。马二先生总算是一个中心人物,他讲现实,他虽也"仗义疏财",只限于一个小圈子里;他鼓励匡超人,反而害了匡超人,匡超人的三变,将一个生产者变成了废料,不如给他在家磨豆腐到老。写得有声有色的当然是杜慎卿了。一个是有闲阶级的典型,一个连银色九七都分不清的,两位贵介弟做的都是些不相干的事,没有一件有益于人群的。一个出色的女性是沈琼枝,因为生长在那种社会里,只得卖斗方,卖刺绣来维持生活。至于那忍心叫女儿寻死的王玉辉,代表被封建势力征服者的呆头呆脑,更值不得批判的了。作者最后所标榜的四客,虽然也出身无产阶级,但仍是小资产阶级的意识;只知道自我提高,不能为大众服务;他们的缺点仍然很多。我曾于《儒林外史》提出许多知识分子所具有的缺点来谈改造;这小说已行世二百年了,然而在不长进的中国,到今天依然从这儿还看到知识分子们的影子,这是多么可笑的事!

(1949年9月15日)

元旦开笔

在我十岁光景,到了元旦,曾祖母便指点我,她念着我写,"元旦开笔,笔上生花,花中结果,果然如意"这十六个字。那时我还不懂什么"顶真",其实这就是"顶真格"。曾祖母是八十来岁的人了,她一定也为我剪红纸作"笔、锭、如意"状;将我写的这些字一并贴在窗棂上。她老人家说:"元旦是一年的第一天,在这一年的第一天开始执笔,要取个吉利儿。"我从那时候起到现在老是离不开笔,东涂西抹,混了半生;她老人家逝世已有三十多年了!我这支笔究竟为了谁在写?写过了多少像样的东西?今天又逢元旦,我倒需要自己检讨一番了!因为这次元旦和以往元旦不同。以往我的写作只是"自我的发泄",跟社会跟人民大众关系甚浅,有时还觉得"索解人不得"!纵然有一句两句挂人齿颊,也只限于很小的圈子里。这支笔虽辛勤地在耕,而收获并不大!今年起我要改造这一切:"笔上生花"这花要给大家看;花中有果,这果亦必属于大家的。我为大家得如意而如意！把这支笔和人民大众相结合，为人民大众而服务。什么"孤芳自赏"，小我的陶醉，这些今后将不再干扰我的笔尖；我把十六个字重新写了下来，既不是取个吉利儿，也不是迷恋我的童年时代；十六个字仍然是这十六个字，它的含义与旧日大不相同了！

(1950年1月1日)

书癖

在北京逛琉璃厂，在南京逛状元境，在上海逛三马路，在开封逛书店街；只要那地方有旧书铺，不去逛逛心里是非常难过的！这就是书癖在作怪。不一定买，看看也是好的；果真看到好的，不买回来，却又弄得寝食不安。从前家乡一位前辈王木斋（德楷）先生，把祖遗偌大的田产房屋，都变成了他那娱生轩里面的宋元本明本；晚年也非常穷困，三文不值二文地又把书卖掉，替他卖书的就是当初为他收书的人。在我买书的时候，老辈们常常举他为例，劝我不要被书迷了。其实，我既无产业可变换，又无娱生轩那样好的藏书的地方。起初也是漫无目的的，后来比较收词曲书多一点。在熟的书铺是一年三节算账，有时因为手头太紧，不免"泥地拔钗"，究竟典卖来还书账的时候不多。自从抗日战起，寒斋付之一炬，全家度流亡生活，书癖无法作怪。十年之中，一千卷还聚不到，看到要用的书多是传钞一遍，也不敢讲究什么版本了。最近三五年，只买了四五十种《杜诗》，二三十种《楚辞》。最可笑的：在荒摊上用贱值收买了半本《宋碛砂藏》，我这书斋现在可题名"半宋室"了。近来看着街邻糊纸盒铺称了好几担书，其中不少明本，我的书癖又稍稍抬头，只是一千二百元一斤的书，一斤二斤的未必能凑得一整部，又不准选。我对此只有太息而已！

(1950年2月11日)

刻书的好处

好多朋友都笑我好刻书。在二十几年以前,我最初遇到江问渔先生,他便说到在现代印刷术发达时代,似乎不需要再采取这种落后的手艺了!我在成都给黄氏茹古书局印过一些书,岳池书刻工的地方我又照顾过他们。在开封,已多年没有生意的马集文斋,我也代它延揽了不少笔生活。至于南京不用说,姜文卿刻书处经常替我工作的。早两年我写了一本《书林别话》,专谈写刻书籍,刻书究竟是什么好处呢? 我认为和铅字排印是可以并行的。大量的出版自非上机器不可,少数的不妨木刻。木刻自写样到刻成,至少经过四五校,错字当然少;就是成书发现一个错字,或者改动几个字,随时可以挖补。起首印过二三十本红样本,认为满意再印它五六十本,最多也可以印一百本,随时校订随时加印,在机器上是办不到的,虽说纸版也能挖改,那和挖补木版不同了。机器上一印一千,又怎能逐本去改易呢? 而且油墨和墨也不一样,越陈越好看。铅字的字体需要一致,排起小学书或金石书来麻烦极多,反而不如木刻写样的方便。木刻,本身就有艺术价值,格式又可自由;当然,我并不主张用木刻来刻报纸,来刻数量大的图书,但我也不承认这种手艺是已落了伍的。刻书自有它的好处,这是不容否认的。

(1950年3月25日)

月光书

中秋到了。各地的习俗是不相同的，在广州这一天晚上唱的，就叫做"月光书"，广州四乡皆很盛行；不过他们忌讳这"书"字，因为和输同音，只高呼"月光赢"！实则就是"木鱼书"罢了，什么"客途秋恨""蒙正拜灶"，纯用粤语弹唱的。

河南人的"走月"，湖北人的"踏月"，南京人的"摸秋"和我们苏州人的"走月亮"，也同样在中秋晚上举行。宋元人叫中秋月为"端正月"，张雨诗："秋已平分催节序，月还端正照山河。"《武林旧事》说：此夕放红羊皮小水灯数十万盏。这又浙江的旧俗了。

北京的孩子们，中秋的恩物有"兔儿爷"。《京都风俗志》云："日间市中，以土塑兔儿像，有顶盔束甲如将军者，有短衫担物如小贩者，有立起舞如饮酒燕乐者，大至数尺，小不及寸，名目形像指不胜数，与彩画土质人马之类，罗列高架而卖之，以娱小儿，号兔儿爷。"因为玉兔是中秋神话的中心人物。

广州的谣谚唱得好："八月十五竖中秋，有人快活有人愁。有人楼上吹箫管，有人地下皱眉头。"这与吴歌调同而意义大不相同了。

云师（1950年9月26日）

柴室记

有几位读友致书于我，称"柴室小品"为"紫室小品"，这"柴""紫"二字极近似，最容易搞不清。我为何取此书斋名？应该加以说明才好，于是作"柴室记"。

说起来怕已有十五年了。那时我们的住宅在南京城南，已是城墙根了，那条街叫做小英府，旧名该是周处街，离着孝侯读书台甚近。那所宅子共四进，我住最后一进，因为卧室中书堆得太多，于是打开后窗，将原有的柴房收拾一下，添了一架屋，就成了新的书斋，取名柴室，一是不忘旧，二是纪念郑柴翁，因为他的《巢经巢诗集》是我那时最爱的一部书。我这样做，很有些像姚茫父在北京，把莲华寺的佛堂，改成了弗堂；我是改房为室，依旧还是柴字。平时这柴室只有我自己坐坐的；后来我迁往前进，我那友人所书"柴室"的匾便跟着搬了家。未几宅毁，连那匾也不存在了；而这名称今天还被我采用。我的小品并不是在那柴室写的,而写这小品的人还是在那柴室坐着的人。至于当时那室确还可以看到紫金山,便称紫室,也还不差的也。

(1951年1月9日)

挑字眼儿

过去一般文人最容易犯的，就是挑字眼儿的毛病；但是到了暴君像朱元璋、玄烨的手里，往往就弄成文字狱。我们就谈朱元璋罢，他这个人，起初倒不是小心眼儿，挑剔文字的，明初还看重文人，那些立战功的将领都打抱不平。元璋说："世乱用武，世治用文；治国时要借用他们，并非我偏心。"这时就有人说："文人是没有什么好相与，他们专挖苦毁谤。看张士诚就捧文人，而他这士诚的名字就是文人所取。"元璋说："他这名字多么好呀！"那人哼了一声道："《孟子》上不是有'士诚小人也'这句话吗？明明地骂他，他还得意地叫了半辈子。"从此以后，朱元璋就怕文人借古书骂他。什么"作则垂宪"啦，什么"垂子孙而作则"啦，什么"仪则天下"啦，"建中作则""圣德作则"；只要你说"作则"，他就认为你骂他"作贼"，"取法"就是"去发"，"帝扉"成了"帝非"；形似音近，都成了诽谤嫌疑；后来的康

卢前与杨宪益在北碚（1944年）

五百四十多年的距离。金陵与冶城，既然一个是"埋金"，一个是"冶铸"，来源并不是一致，当然不是同出一源。而且金陵两字代表"石头山以北地"，犹之石头城一样，该算是南京别称；而冶城本身是个古迹，是不应与金陵同等，不该就认为是南京别名的！

饮虹（1951 年 1 月 24 日）

谈：佛曲

佛曲这一个名称，该是出于北宋年间的《说话》。说话有四家：①小说，即银字儿，②公案，③说经，④说史。说经即演说佛经，一作说参，就是参禅。在敦煌所发现的中唐以后写本，如演维摩诘经之类，跟变文有些仿佛。至于禅门十二时等，称为俚曲的，也是佛曲的旁支。后世宣宝卷就属于这系统的。此外另一种佛曲，是元代回光和尚"唱道"，那又是利用九宫十三调的曲版来说佛理的，尤其在永乐初年所颁布"诸佛如来菩萨尊者名称歌曲"，这与回光是一类的，不过回光限于北曲，永乐时的佛曲已参用了南曲了。这里面还有不少番曲。最可笑的是假借政治的威力，抓住秀才们，逢每月的初一、十五，在文庙去唱佛曲，这制度是再滑稽也没有了。这两类虽同名佛曲，实在内容是不同的。它们在音乐方面也不一样，前者该与梵诵（指法事言）一样，自成风格；而后者完全利用南北曲。宣卷的佛曲跟永乐颁布的佛曲，一是特殊的体裁,一是专书的名称,我们似乎应当分别它们的名称,以免混淆;不然,说到佛曲究竟是指哪一种佛曲呢?

(1950 年 10 月 28 日)

昆戏并非地方剧

昆戏不是地方剧，正如京戏不是地方剧一样。它是综合的，包括了多少腔调：像吹腔（即啰啰腔）时曲之类，也像京戏包括了徽腔、梆子、四平调之类，又它们的成长不似地方剧直接从民间来的，地方剧代表这地区的地方性很浓厚；而昆戏京剧并不如此。相传魏良辅订昆腔时十四年不曾下楼，经过水磨般的工夫，所以又叫做"水磨腔"；越是这样打磨，越是离开了大众。这是指曲乐方面说的，还有文字，第一就是"唱反切"，明明一个"滚"字要唱"孤恩浑"，讲究什么字头字腹字尾，于是变成蚊子叫，一片嗡嗡声；至于文绉绉地堆垛一些词藻，还在其次。我在北碚时跟傅心逸领导的汉剧队合作过，创了一个"元明曲乐训练班"，送了十多出戏给学汉剧的来学。我认为处置昆剧有两个绝不相同的方法：一是整个不改样，像古董一样保存它,在博物院附设一个小剧场来演它。二是恢复元剧精神,尽量交还给大众,和别的戏剧一样地改造,我近来是主张走第二条路的!

(1950年8月27日)

评弹中的插诨

勤孟兄邀往仙乐书场小坐，听了几档评话弹词，我颇有刘姥姥进大观园之感，与上海数月的睽违，没有料到书场会兴盛到此地步，这倒是个奇迹。张鸿声说的是大书，他正在讲《英烈》从胡大海的胡子说到一切的胡子，满座笑声时起，连我也要掀髯而笑，打上一句上海话说，他真是"噱得来"！此外几位的弹唱，每节不过唱二三段，有的还只唱了一小段，不过七八句而已。通常是在"说"，而噱得越多，喝彩声也越多，照舞台上术语说，这些都是插诨。我始终认为插诨过多，千言万语的讥嘲，不如一两句话的幽默，诨的本身要与评弹的正文有关联，插的地方也有问题。我从前爱听杨派说书，譬如康又华说《水浒》（按：康有声于镇扬诸地，擅说《水浒》）。尽管说李逵的板斧，这一双斧可以说半天，使人分不出正文和插诨来，而每在筋络处，丢一两句"冷语"，使你回家以后，偶然想到，才欢赏不已，当时只觉得它"隽"，越想越有意味，绝不会弄个满堂彩,而一出书场,听者什么也带不回去。我对插诨很注意,似乎插诨并不是噱,也许噱头说不上什么诨,随意随时地插,也未免太耗费诨语了也。

(1950年8月29日)

一字之差

我在前几天写了一篇"世间何物是江南",用吴梅村的诗句。也许因为校阅时觉得"是"字不妥,改成"似"字。梅村的原诗是:"关河萧索暮云酣,流落乡心太不堪。书剑尚存君且住,世间何物是江南!"这"是"字就有不满的意思。这"是"字下得有它的妙处,一是"乡心"作祟,一是"书剑尚存",用现在的话说来,"江南"有些什么可恋的?不过因为是故乡而已,狭隘的乡土观念抛弃不掉,偏在旅外的时候,引起"乡心"来。过去一个小资产阶级的知识分子最洋洋得意的是他的"书剑",这些既然"尚存",你就"且住"罢,尚字与且字又是什么样的口吻?你想一想看。"萧索"的关河是可以发挥抱负的地方,你不要为着"何物"的江南耽搁下来,我在那篇文字中故意地说"第一是吃,第二是吃,第三还是吃",当然也不是歌赞这"何物"的江南!由于一字的改动,把我文中的语气弄得"否定"的变成"肯定"的了。变成"夸大江南的好处"了！在这里我自己也得要自责两句：往常为着幽默着说话，常会使人将"反"误会成"正"，我虽明明讽刺我们江南人好吃，而有人难免认为这是称赞江南！现在下笔倒确是要严肃一点，旧文人的手法还是"收拾起"的好。

（原报编者按：这一字之差，实在是我改错的，我以为"似"字比较通一点，却不知原是吴梅村的诗，这是我应该向作者道歉的。）

（1950年5月25日）

裙带风

陈荫老跟我谈起四十九年前下科场的旧事,他和石云轩先生坐连号,他知道我也是石翁的熟人。他说:"云轩的确是奇人,有许多见解,在那时可以说惊世骇俗。他在号柜里忽然大发议论,讲到帝尧,认为他政治手腕极高明,他把娥皇女英两女,都嫁给了舜,为的是怕舜对自己不放心,这样联络了舜,舜便心悦诚服地走自己的路子了。这两个女儿,也负有监督之责。后世的政治家有多少学尧这一套的!"荫老笑道:"云轩这看法真怪!"我说:"是不是有托而云然?那时不是西太后执政柄么?再说舜对于他那舅爷丹朱,是如何处置的呢?商均又是哪一位母亲生的呢?可惜石翁不曾多说。"那时荫老才二十岁,就是那一科中的举;最近有位朋友刻了一印章送他,是"五十年前江南一举子"九个字,刻得很不错。石翁过世已三四年了,我只知他精于岐黄术，于古史这样有心得，我倒没有晓得。他指出尧的计划，开政坛"裙带风"的先例，这样的说法在当时确是大胆的。

（1950年9月12日）

措大

穷措大,变成一句嘲笑人的话了!其实,措大是能措大事的意思;从前叫秀才作措大,最是宰相是能措天下大事的,所以秀才们又叫相公,顾亭林《日知录》说:官人者,南人所以称士。秀才们除了相公,那时又叫做官人。王应奎在《柳南随笔》中说:"或云,自张士诚走卒厮养皆授官爵,至今吴俗称榨油作面庸夫为博士,剃工为待诏,吏人为相公。"可算这记载是正确的,劳动人民又为什么不可以做官!秀才们如应奎所说,"偷懦惮事,无廉耻而嗜饮食,大半皆子游氏之贱儒"。而他们又可以叫官人、相公,何也?想起来"措大"这名称毕竟还不错。现在的进步的知识分子应该有措大事的志愿,当然措大事并不要做大官,像孙中山先生的说法,还是值得我们信任的。穷不穷又是一回事,而措大的抱负不可没有。元代"九儒十丐"那样贱视读书人,叫秀才又是"酸厮""酸丁""细酸",贱儒之贱,未免过分了。我觉得不如措大两字有意思,当然现在对于知识分子也不必再有这种绰号式的称呼,只要晓得不再是嘲笑语,已经够了。

(1950年9月25日)

渊庐秋谯

秋风吹到了玄武湖，菊花开得正好。渊庐主人杨泽淡泽周兄弟邀约我们来湖上赏菊。明代顾东桥有个鞠谯图卷子，后归仇氏珍藏；他们兄弟俩这约会也可以说是鞠谯，然而大家意旨并不尽在赏菊，所以我只说是秋谯。我个人是刚巧病起，特地在湖上走走，杨仲子说："南京是秋天最好。"我进一解道："应该说秋天的玄武湖更好。"在残荷凋尽、芦花全白的时候，南湖在玄武湖尤其是最好的一角。对鸡鸣寺的红墙，台城上的人影，再东望那小小的三藏塔，一种清秋气象分外衬托出来。偶然有一两只小船摇来荡去，打不破湖上的安静，明知来赏菊的朋友正向公园那面拥挤，我们只爱这边的静穆。平日忙于开会的胡翁小石，不爱多说话的宗白华先生，同陪着八四老人韩渐叟，七十一岁的伍静园，同坐立在栏杆旁，达一小时之久。摄影家高月秋又为我们拍了一张照。在我呢，已是这样闲惯了，他们却是"偷得浮生半日闲"，好不容易才有这半天的闲游,已是夕阳西下了,我想跟大家散了,几位老人还一定邀我留一会儿,在万家灯火中,才告别了玄武湖,告别了渊庐主人。此游甚妙,妙在没有雅得俗:分什么韵,凑什么歪诗,这样写下来,只当作日记一页罢了。

饮虹(1950年11月16日)

升官图

若干年前在春节中掷"升官图",也是一种室内游戏,这与那"状元筹"性质很相近的。我们小时候,跟年纪相仿的小朋友们常爱搞这个。对于清代的官制稍为熟悉一点,就是从"升官图"学习来的。这与掷"状元筹"才懂得那科举的情形一样。多年没有搞了,现在只记得一红是秀才,二红是举人,四红才进士,不过"全色全收",我总认为这办法不好。比起升官图,状元筹又太简单了。至于升官图,除了清制,还有用明代官阶编排的,也许就是明代所印。据亡友双流刘鉴泉先生说:掷升官图源于汉官仪。他曾约我掷过,也有一张表。但手边放一本汉官仪的书,且掷且查,那是没有一张印好了的升官图便当的。老辈有不主张青年人掷这玩意儿,说免得生幸进之心。那钱泳有一封信劝他老师就说:"一官何足介意耶?亦如掷升官图,其得失不系乎贤不肖,但卜其遇不遇耳。"把做官就看成掷升官图,也可以窥见从前人的做官,只是乱搞一气,何尝想为人民服务的呢?

饮虹(1950年12月27日)

有园必公

钱泳说:"造园如作诗文,必使曲折有法,前后回应,最忌堆砌,最忌错杂,方称佳构。"他又说:"今常熟、吴江、昆山、嘉定、上海、无锡各县城隍庙,俱有园,亦颇不俗,每当春秋令节,乡佣村妇,俗客狂生,杂沓欢呼,说书弹唱,而亦可谓之名园乎?"前一段话说的是造园,一座花园,靠人工来造,已是差劲了。后一段话,他认为花园该给那"文雅的主人"自己游,有了庸夫俗子,仿佛园林逊色。这句话更是大大的错误!私家有园林,这是最煞风景的!应该把园林公开,使有园必公,惟其"杂沓欢呼",才有游园之乐。即以上海城隍庙来说,商肆密布,杂耍兼备,已算是人民游乐之场;但那"内园"却门设而常关,不免相形减色。从前有些文人,癖好园亭,而又想占有园亭,穷如吴石林只好自家写一篇"无是园记",这跟什么"乌有园""心园""意园"一样,将这些园放在心里。

果真有园,又不肯给大家游玩,有园和无园,还不是五十步笑百步吗?所以我想出"有园必公"的口号,希望私有园林的人,有与民同乐的抱负。

饮虹(1951年1月4日)

谈取名

替孩子们取名字，的确是一件不容易的事。我有七个儿女，他们的名字都是人旁的，单名。老妻表示她对这些名字，认为叫起来不响亮，又单名必需连着姓叫，她也觉得不合理。我因此对她讲了一个响亮名字的故事，说一个姓龙的，请人为他儿子取名，那先生就取了东库为名，并以启古为字。龙先生说，要响亮一点才好。那先生讲"启古龙东库"是全副锣鼓拿出来，再响亮也就没有了。至于单名，有人说：好像《三国演义》里的人物，连着姓叫，岂不省事，免得问了大名，又要问尊姓。我倒不觉得有什么不合理的去处！还有孩子们自己提的意见，这是值得注意的。他们总认为我选的字太僻了。例如"偶"字常常被人读作"周"，知道音"惕"的并不多。又如"倞"，又如"佶"，有时认得这字的就很少。在我以为比太炎先生的女公子们，什么四个"工"字或四个"又"的名字，已是普通了。孩子们要求名字的笔墨越少越好，越普通越好。响亮不响亮，单名或双名，他们或她们倒不需考虑。本来一个人的名字，只是一种符号，只要用得惯了就是。

（1951年1月30日）

编后记

饮虹簃钩沉
——《旧时淮水东边月》编后记

张昌华

卢冀野（卢前，1905—1951）淡出我们的视线已经60多年了。时下年轻读者见之，或会眉头打结："笑问客从何处来？"

卢冀野是词学大师吴梅的高足。吴梅晚年常向人语："余及门中，唐生圭璋之词，卢生冀野之曲，王生驾吾之文，皆可以传世行后。得此亦足自豪矣。"

卢冀野如何得吴梅如此青睐？且看他十八岁时作的一首小诗：

记得当时年纪小，
你爱谈天我爱笑。
有一回并肩坐在桃树下，
风在树梢鸟在叫。
我们不知怎么样睡着了，
梦里花落知多少？

这首诗写青梅竹马、两小无猜朦胧初恋的小诗，清纯清丽，朗朗上口。经黄自教授谱成曲后，被选入民国中学音乐课本，广为传唱，至今仍被台湾的中学音乐教科书所选用。

卢冀野是词客、诗人、教授，他学识广博，涉猎文学门类多，也是写散文小品的高手，曾享有"江南才子"之誉。他人儒雅，性淡泊，口碑佳，故友多：国民党的达官贵人如于右任、张道藩、张佛千；共产党的政要名流如董必武、郑振铎、郭沫若；以及社会贤达梁漱溟、郁达夫、沈尹默等。如果说吴梅教卢冀野做学问的话，那么教其做人的则是于右任了。他们是"忘年交"，于右任十分赏识卢冀野的人品与才华，曾有诗句云："年若我，学愧君，与君别有相知分。"

卢冀野33岁即任国民政府参政员。他积极投身于抗战，表现了一个传统知识分子对国家兴亡匹夫有责的强烈责任感。淞沪抗战，张佛千奉命在苏州创办《阵中日报》，日印十万份。蒋介石下手令，限报纸当日送到上海金山抗战第一线。卢冀野在该报辟专栏，隔日一篇，专写抗战诗词，都是"头未断，心还热""字字血，声声泪""招国魂，振民心，鼓士气"的铿锵文字，激励前线将士奋勇歼敌。这些诗词作品后来结集为《中兴鼓吹》。《中兴鼓吹》究竟鼓吹了些什么？且看《满江红·送往古北口者》：

如此乾坤，当慷慨、悲歌以死。君不见、胡尘满目，残山剩水。万里投荒关塞黑，几家子弟挥戈起。问江淮、若个是男儿，无余子。　　且按剑，从新誓。岂肯洒，英雄泪。纵天真亡我，死而已矣。叱咤风云惊四海，凭君一洗弥天耻。细思量、三十九年前，伤心事。

词尾特别注明"甲午年去今且四十年矣"，着意呼吁同胞勿忘甲午之战惨痛教训，"雪耻"。

这部诗词集当时极为畅销，影响大，意义深远，被公认为是抗战诗词的代表作。

由于历史的造化与播弄，卢冀野其人其文，在相当长一段时间内一直被尘埋在历史的枯井中，直至2006年，中华书局出版了《冀野文钞》，即《卢前曲学四种》《卢前文史论稿》《卢前笔记杂钞》和《卢前诗词曲选》，始渐为人知。或由于"文钞"偏重于学术，或发行量不大，一般读者鲜见。

2017年春，商务印书馆南京分馆总经理陆国斌先生计划出版《流金文丛》，与我商讨丛书人选时，我率先提出卢冀野。此举算是"近水楼台先得月"，盖卢氏是我们南京乡贤，我与他的公子卢佶又是旧友。卢冀野在南京市通志馆馆长任内，对南京历史文献的搜集整理出版，厥功至伟。另，就卢氏在词曲、文学上的骄人成就，亦为合适的人选。国斌兄听我介绍后，当即拍板，遂请卢冀野先生哲嗣卢佶选编了该书。

这本小品集，列《故人故事》《吃吃喝喝》和《坛坛罐罐》等八个栏目。多属千字文，遴选于冀野先生当年刊发在《中央日报》《亦报》等报刊上短篇佳作。其内容如栏目名所示：有对故人旧雨的缅怀或臧否，也有对陈年史事的钩沉或辨析，还有对沧桑世事坛坛罐罐的杂议或评说；以及市井素人的吃喝拉撒、文人雅士的谈资笑料；当然更有卢冀野人生的断章残简。值得一提的是"小疏谈往"一栏中的文字，系卢佶先生刚整理出其父的"新作"，此属首发，是研究卢氏文学创作不可多得的新史料。

卢冀野世居金陵城南饮虹园，斋名饮虹簃。他的文字以简洁、生动、幽默称著，由于时代的隔膜，岁月的流变，有些篇章文白夹杂，略嫌生涩，但只要心定气闲地去品味，并不影响阅读。味在其中呢。

卢冀野晚年曾作《感逝》，诗云："等似萍浮最可哀，是非身后已尘埃。旧时淮水东边月，曾照行吟侧帽来。"谨摘"旧时淮水东边月"句冠为书名。

2017年6月20日
于金陵老学堂

图书在版编目(CIP)数据

旧时淮水东边月 / 卢前著;卢佶选编. —北京:商务印书馆,2017.10(2018.9重印)
(流金文丛)
ISBN 978-7-100-15368-3

Ⅰ.①旧… Ⅱ.①卢…②卢… Ⅲ.①小品文—作品集—中国—当代 Ⅳ.① I267.3

中国版本图书馆CIP数据核字(2017)第228976号

权利保留,侵权必究。

流金文丛
旧时淮水东边月
卢前 著 卢佶 选编

商 务 印 书 馆 出 版
(北京王府井大街36号 邮政编码100710)
商 务 印 书 馆 发 行
江苏凤凰新华印务有限公司印刷
ISBN 978-7-100-15368-3

| 2017年10月第1版 | 开本 787×1092 1/32 |
| 2018年9月第2次印刷 | 印张 9 |

定价:49.00元